I0657847

ÉPITRES

ET

POÉSIES NOUVELLES.

ÉPITRES

ET

POÉSIES NOUVELLES,

Par J. F. DUCIS,

MEMBRE DE L'INSTITUT,

PARIS,

CHEZ NEPVEU, LIBRAIRE,

PASSAGE DES PANORAMAS, N° 26.

1814.

ÉPITRES.

ÉPITRE

A M. ODOGHARTY DE LA TOUR.

Oui, tout dans la nature, ô mon cher De la Tour !
Se montre, disparaît, vit, et meurt, à son tour.
Oui, nos quatre saisons, figurant nos quatre âges,
Devant nous, en fuyant, font passer leurs images.
Dans l'abyme du temps qui nous engloutit tous,
Déja l'été s'enfonce, et l'automne est sur nous.
Vois-tu comme il sourit ; avec son charme austère,
Au poète, à l'amant, au peintre, au solitaire ?

Comme il imprime aux cieux, à nos forêts, aux fleurs,
Sa majesté tranquille, et ses graves couleurs?
Heureux qui rêve alors au fond d'un bois qu'il aime,
Et devant sa raison peut se citer lui-même;
Qui, sous la feuille éparse, et volant sur ses pas,
Démêle ce qu'il est d'avec ce qu'il n'est pas;
Cherche si l'indulgence, adroite adulatrice,
Ne lui déguise pas tel penchant et tel vice;
Et si, pour la vertu toujours prompt à s'armer,
Il s'est vraiment acquis le droit de s'estimer!

En effet, avec lui l'homme est sans cesse en guerre.
Étonnant abrégé de la nature entière,
Il unit la paresse avec l'ambition,
La douceur de l'agneau, la fureur du lion,
L'astuce du renard, le cœur du chien fidèle;
Tantôt hibou caché, tantôt vive hirondelle.
Par mille vents divers c'est un roseau battu.
Il cherche, il fuit, reprend, quitte encor la vertu.
Il est tout, et n'est rien. Quel poids fixe et tranquille

Pourra donc affermir ce sol vague et mobile ?

La raison, la raison. Par des flots entraîné,

Notre esquif sur les mers par elle est gouverné.

Oui, l'homme a beau s'en plaindre, il ne peut s'en défaire ;

Il revient, malgré lui, sous son joug salutaire.

Mais il monte plus haut. Né vrai, religieux,

Il élève et son ame et ses mains vers les cieux.

Faible, il craint sa faiblesse ; et son encens honore

La force et l'équité dans le dieu qu'il implore :

Il y cherche un asyle. Il pense, il sent de loin

Que dans ce monde injuste il en aura besoin.

Aussi, dès son enfance, un mouvement sublime

L'instruit de ses destins, lui fait haïr le crime ;

Lui dit, malgré l'éclat de tant d'astres divers,

Qu'il existe en lui-même un plus noble univers ;

Un temple, un sanctuaire où, dans une ame pure,

Resplendit mieux qu'au ciel l'auteur de la nature.

Par un coupable excès frémit-il emporté :

Il sent d'abord pour frein la gênante équité.

L'Éternel lui remit et sa palme et sa foudre ;

Et s'il sait s'accuser, il sait se faire absoudre.

Frappé de sa sagesse, il en voit un rayon

Percer dans le grand plan que traça son crayon.

Il regarde, il compare, il juge, il peut élire :

Là, le faux lui répugne ; et là, le vrai l'attire.

A leur table frugale, avec sa femme assis,

Voit-il un laboureur entouré de ses fils,

Mangeant, d'un front serein, avec eux et leur mère,

Les mets exquis et sains que lui vendit la terre :

Il ne cherchera point des vases ciselés,

Des coupes d'or, des fruits avec pompe étalés ;

Mais il admirera le front pur de ses filles,

L'appétit du travail, la gaîté des familles,

Le sel inattendu d'un mot réjouissant,

Le facile abandon d'un bonheur innocent,

Des trésors de raison, de candeur, de justice,

Et parmi tant de mœurs, nul accès pour le vice.

« Heureux, dit-il, le cœur instruit à l'abhorrer,

« Mais si plein de vertus, qu'il n'y saurait entrer. »

Jadis, sous les consuls, c'est ainsi qu'un même homme,

Vivant pour ses enfans, pour sa femme, et pour Rome,

Père, époux, citoyen, magistrat, et guerrier,

Dans chacun de ces noms existait tout entier.

Il exerçait chez lui la noble dictature

Dont l'avaient investi les lois et la nature,

Qui donnaient, sans appel, à ses bras tout-puissans

Droit de vie et de mort sur ses propres enfans.

Il n'ensanglantait pas ses faisceaux domestiques :

Son cœur était humain, ses mœurs étaient rustiques :

Des pénates d'argile ornaient seuls son foyer.

Sous le seul joug des lois il aimait à ployer ;

C'était là son honneur : ou terrible à la guerre,

Il s'armait pour les dieux, pour lui, pour Rome entière,

Il mourait sous son aigle ; et, mort, dans sa fureur,

Son œil, fixe et sanglant, épouvantait d'horreur.

Mais ces jeunes beautés, qui partagaient leurs couches,

Aimaient-elles vraiment des soldats si farouches,

Effroyables époux, qui, fiers, armés toujours,

Ou sortaient du carnage, ou veillaient sur des tours ?
Eh ! peut-on demander si ces moitiés fidèles
Chérissaient leurs maris, quand ils mouraient pour elles ?
Leurs enfans au berceau, leur sang, leur plus cher bien,
Leur père, en cheveux blancs, ne leur disait-il rien ?
Oui, pour l'homme et la femme, en ces momens d'alarmes,
Le péril est commun, chacun d'eux a ses armes.
Leurs cœurs n'en font qu'un seul. Mais dans leur chaste arde
Couve un volcan tout prêt à venger la pudeur.
Quand Lucrèce expira, percés dans sa blessure,
Rugirent à la fois l'hymen et la nature.
Leur cri de tous les cœurs sortit en même temps,
Et ce cri fit pâlir et chassa les tyrans.

Et depuis, quel spectacle offrit Rome à la terre !
Un peuple agriculteur, religieux, austère ;
Aux lois, à ses consuls, à vaincre accoutumé ;
Peuple fait pour la guerre, et pour ses droits armé.
Leurs triomphes pompeux montaient au Capitole.
Leur toit pur des vertus était la simple école.

Leurs Caton, leurs Brutus, au milieu des fuseaux,

Y croissaient pour les mœurs, les lauriers, les faisceaux.

Dans Rome alors point d'arts, de jongleur, de faussaire ;

Et pendant cinq cents ans pas un seul adultère.

C'était alors le temps des fortunés époux :

Leur lit était sacré, leur chevet était doux ;

Le repos succédait à leurs travaux pénibles.

Le temps rajeunissait leurs nœuds indestructibles.

Dans les champs, dans les camps, de quoi, par son retour,

Ne les consolait pas leur conjugal amour !

L'exemple était par-tout, ils n'avaient qu'à le suivre.

Ensemble, après leur mort, ils comptaient encor vivre.

Aussi, lorsque dans Rome on apprit qu'un Romain

Demandait le divorce, oh ! cria-t-on soudain :

« Hymen ! voile ton front. » Ce trait parut féroce ;

Ce fut pour les Romains une injustice atroce,

Un forfait sans exemple : en moins d'un seul moment

Se répandit par-tout un vaste étonnement.

On ne concevait pas, quand le ciel les assemble,

Que deux chastes moitiés ne fussent plus ensemble ;

Qu'après les droits, le charme, et d'un premier amour,

Et d'un commun sommeil, et d'un même séjour,

On pût se séparer. Quelle audace rebelle !

Quel orgueil son mari trouva-t-il donc en elle ?

—Aucun.—Est-elle avare?—Oh! non.—Ses cris jaloux

Ont-ils avec éclat tourmenté son époux ?

— Non, jamais. Elle offrit à l'époux qui l'exile

Un sein chaste, il est vrai, mais un hymen stérile.

Voilà tout son forfait, ou plutôt son malheur.

Rome fut pleine alors de deuil et de douleur.

D'horreur et de pitié tous les cœurs se serrèrent ;

La loi parut cruelle, et des larmes coulèrent.

On crut voir, lorsqu'enfin ce désordre éclata,

Mourir sur son autel le feu pur de Vesta.

L'ennemi près des murs, en s'y montrant en force,

Aurait moins consterné que ce premier divorce.

Depuis, Carvilius, cet époux inhumain,

Fut toujours détesté par le peuple romain ;

Et ce Carvilius, si je le nomme encore,

C'est pour venger de lui l'hymen qu'il déshonore.

Quand Rome eut asservi tant de peuples divers,
Le luxe asservit Rome, et vengea l'univers.
A la Rome de brique, et libre et vertueuse,
Succéda Rome en marbre, esclave et fastueuse.
L'égoïsme entra seul dans les cœurs abattus ;
Inhumant la patrie, insultant aux vertus,
Il décomposa tout ; et c'est ainsi, dans Rome,
Qu'il ne se trouva plus ni de Romain, ni d'homme.
Dans ce centre de l'or, du crime, et du pouvoir,
S'éteignit tout honneur, tout remords, tout devoir.
Rome devint horrible, et versa sur le monde
De sa corruption l'urne immense et profonde,
Y roula ses questeurs, préteurs, brigands titrés,
De débauche, de sang, de rapine altérés.
Caligula parut : fléau, dont la démence
Montre Héliogabale, Attila qui s'avance,
Et tous ces Goths armés, qui, vingt fois, par torrens,
Viendront saccager Rome, au pillage accourans.

Mais tandis que le temps fait rouler en silence
Les vertus, les forfaits, les beaux-arts, l'ignorance
Chassant, ramenant tout dans un cercle sans fin
Où des faibles mortels est écrit le destin,
Nous-mêmes jugeons-nous, et, trop malheureux hommes,
Parmi nous, sur nos mœurs, sachons où nous en sommes.
J'y vois sans pain, sans bois, un vieux pauvre opulent,
Qui d'une lampe avare emprunte un jour tremblant :
Son fils qui jette tout ; à qui, dans sa misère,
Manquera même un drap pour entrer dans sa bière :
Et cet ambitieux qui, d'honneurs accablé,
Meurt d'un seul qu'il n'a pas, par l'orgueil désolé :
Et ce vil parvenu qui, de vautour superbe,
Redeviendra l'insecte, et rampera sous l'herbe :
Et ce mortel oisif qui, traînant sa langueur
Sous le vide écrasant de l'esprit et du cœur,
Peut-être aura besoin, pour vaincre sa paresse,
Du crime et du remords qu'amène la mollesse :
Et ce voluptueux, dans ses sens tourmentés,
Expiant ses plaisirs par des cris mérités :

Et ce fou vigoureux, plaintif, tremblant, crédule,

Qu'abêtit, gronde et tue un Purgon ridicule :

Et ce joueur qui perd d'un air si gracieux,

Mais s'arrache le sein, en maudissant les cieux,

Tant d'autres... Dieu vengeur, c'est de leur propre vice

Qu'exprès, pour les punir, tu tiras leur supplice !

Je plains du moins, je plains les tourmens de l'amour,

Phèdre abhorrant sa flamme, et se cachant au jour ;

Didon sur son bûcher. Toute amante a des charmes ;

Hermione a ses cris, Andromaque a ses larmes.

Oui, je plains et Chimène, et ses nobles douleurs,

Et les longs cris perdus d'une Ariane en pleurs.

Je plains et Ladislas, et ce fatal Oreste

Dont Talma rend si bien le front triste et funeste.

Mais je dois plaindre aussi ce stupide insensé,

Ce mort de quarante ans, par les plaisirs usé,

N'offrant plus, dans son corps, dégoûtant d'impuissance,

Que d'un mort non complet la douteuse existence.

Réponds-moi, malheureux, es-tu mort ou vivant ?

— Il est mort ! il est mort ! Voilà, voilà pourtant
Où l'a mis, jeune encore, et l'extrême mollesse,
Et des plaisirs sans fin la fatigue et l'ivresse.
Je me souviens d'un trait sur ce point recueilli,
Que Thomas autrefois me conta dans Marli.

Un Anglais, riche en biens, en jeunesse, en naissance,
Avait gaîment en l'air jeté son existence ;
Et noyé dans ses sens, à force de plaisirs,
Santé, grace, raison, et tout jusqu'aux désirs.
Comment sur ces débris recomposer son être ?
Il appelle ses gens (c'était un fort bon maître) :
« Dans mes coffres, dit-il, rassemblez, mes enfans,
« Ces papiers, ces effets, cet or, ces diamans,
« Ces portraits. » Dans un d'eux, qui pourtant l'intéresse,
Il trouve, il reconnaît sa première maîtresse.
Un soupir a surpris son cœur indifférent :
« Quoi, dit-il, étonné, je suis encor vivant ! »
Au fond d'une cassette, et bien sûre et bien close,
Avec respect, plus calme, à part, il le dépose.

Son œil redevient mort, mais son cœur a gémi.

Le maître de l'hôtel était là. « Mon ami,

« J'abandonne Madrid, et pour de longs voyages ;

« A ta foi, lui dit-il, j'abandonne ces gages,

« Ces coffres, ces effets ; tes mains, à mon retour,

« Veillant sur ce dépôt, me le rendront un jour.

« Et vous, honnêtes gens, qu'ont lassés mes caprices,

« Recevez dans mes dons ce prix de vos services.

« Avec notre bon hôte ; heureux, et sans souci,

« A votre aise, à mes frais, vous m'attendrez ici.

« Allons, ne pleurez pas ; nous nous verrons encore. »

Il quitte alors Madrid. Où va-t-il ? Je l'ignore.

Muse, dis-moi les lieux où je suivrai ses pas.

Le voilà dans des rocs, au milieu des frimas,

Conducteur de mulets au sein des Pyrénées.

Son teint s'est rembruni, ses mains sont basanées.

Déballant, rechargeant, cher à ses compagnons,

Sur des pics élevés, dans le creux des vallons,

Il descend, grimpe, souffle, et couche sur la dure.

Il l'avait oubliée, il rapprend la nature,

Redevient homme enfin. Il pleure : « O ! dieu , dit-il,

« Quand l'ennui de mes jours allait user le fil.,

« Tu m'as ressuscité. Par quels tristes supplices,

« J'ai payé ma mollesse et mes fausses délices !

« Puis-je acquitter jamais ce que nous te devons,

« Le travail et l'amour, les plus chers de tes dons !

« Ah, dieu !... si libre encor...! » Son ame est attendrie.

Il croit la voir, la nomme ; il songe à sa patrie,

Il retourne à Madrid ; de son hôte il reprend

Son or, plus que son or, ce portrait tout puissant

Qui sous la cendre éteinte a ranimé sa vie.

Il part avec ses gens, il arrive, il s'écrie :

« O ! mon pays natal, où régnent par la loi,

« Ensemble unis, les grands, et le peuple, et le roi,

« Salut ! C'est dans ton sein que l'amour me rappelle.

« J'en partis inconstant, mais j'y reviens fidèle. »

Il cherche, il voit de loin un très simple séjour,

Mais où naquit, aux champs, l'objet de son amour,

Doux champs, chéris des cieux, voisins de la Tamise.

Est-ce vous, lui dit-il, est-ce vous, chère Élise ?

—C'est moi.—Ciel ! je me meurs... Auriez-vous un époux ?

—Non.— Quoi ! se pourrait-il ?—Il me revient. C'est vous.

Sa mère entre à ces mots. Leurs mains, leurs cœurs, leurs larmes

Se pressent sur son sein. O ! momens pleins de charmes!

Muse sacrée, accours ! prête-moi tes pinceaux !

Tu m'as fait pour chanter l'hymen et ses berceaux,

Et l'enfant qui doit naître, et les amours fidèles.

C'est vous, amans ingrats, qui leur donnez des ailes.

Ami, viens donc m'entendre, et juger près de moi

Si je peux m'acquitter encor de cet emploi.

Du rossignol sauvage, attendu sous ces roches,

Mon vers, jeune et brillant, a senti les approches.

Il s'afflige aujourd'hui. Dans nos bois jaunissans,

Novembre abat leur feuille, et fait siffler ses vents.

J'erre, heureux et pensif, au gré d'une tristesse

Qui m'égare à pas lents, mais douce, enchanteresse,

Tendre, humectant mes yeux ; et dans mon cœur serré

Vit encor sous la cendre un peu de feu sacré.

Oui, tant qu'ému soudain d'une verve secrète,
Je pourrai, vieux berger, prendre en main ma musette,
Je chanterai les champs et les saules chéris,
Leur ombre, leur ruisseau, leur paix, leurs prés fleuris.
Enfant redevenu, je joue, et je m'amuse.
Heureux, si quelquefois il échappe à ma muse
Un vers qu'avec Thomas eût approuvé Chaulieu,
Qu'eût aimé Florian, qui contente Andrieu!
Du vieillard, on le sait, la plainte est le domaine :
Il remâche toujours quelque misère humaine.
Puis-je, art charmant des vers, te trop remercier ?
Je dois à tes faveurs le bonheur d'oublier.
C'est par toi que, courant sur les bords les plus riches,
Après des papillons, des fleurs, des hémistiches,
J'habite un monde à part, un nouvel univers,
Caché, seul, à mon aise y moissonnant des vers,
Heureux sous le secret. Mes vers, fuyant la gloire,
M'ont, comme un doux Léthé, défait de ma mémoire.
Voici mon dernier vœu : c'est (car tout doit finir)
Qu'un solitaire ami garde mon souvenir;

Mais qu'il m'estime heureux ; c'est qu'une mère tendre
Que je n'aurai pas vue, un moment sur ma cendre
Jette un regard sensible où je sois regretté,
Et croie avec mes vers sa fille en sûreté.

C'est qu'un homme d'honneur, ami de la campagne,
Souffre que leur recueil dans ses bois l'accompagne,
Qu'il dise : Homme et poète, il fut de bonne foi ;
Viens, Ducis, viens aux champs, je t'emporte avec moi.

ÉPITRE

A M. LE CURÉ DE ROCQUENCOURT,

PRÈS DE VERSAILLES.

Humble prêtre, pasteur du plus petit hameau,
Où quelques toits épars renferment ton troupeau;
Qui, là, pendant vingt ans, d'une ame au ciel acquise,
Servis si bien le pauvre, et l'état, et l'église;
Qui, près du lieu superbe où Louis autrefois
Fixa par son séjour la majesté des rois,
Sous l'abri le plus simple, hermite un peu rigide,
Presque aux yeux d'une cour trouvas la Thébaïde;
Mon ami, (car le ciel, sous cet auspice heureux,
M'ouvrit enfin le port imploré par·tes vœux.)
Je te connus, t'aimai dès ma plus tendre enfance.
L'un près de l'autre nés, sous la douce influence
D'un naturel timide, enclin à se cacher,

Que le monde aisément devait effaroucher,

Quoique de goûts pareils, par instinct solitaires,

Nous avons tous les deux pris des chemins contraires.

Toi, brûlant pour le ciel, par ce ciel tu compris

Que d'un prêtre éclairé, doux, d'un saint zèle épris,

Il avait fait pour l'homme un appui solitaire,

Un vivant évangile et le sel de la terre (1).

Un jour, tu desiras cacher tes jeunes ans

Sous l'ombre où saint Bruno recueillait ses enfans;

Mais l'humble Charité, compatissante mère

Des actifs habitans de l'utile chaumière,

Y voulut par tes mains soulager leurs douleurs;

Leur prodiguer tes soins et ton zèle et tes pleurs.

Que de fois cependant, sur de brûlantes aîles,

T'élevant par l'amour aux beautés éternelles,

Tu planas librement sur ce triste univers!

Et moi, né pour l'amour, la retraite, et les vers,

_____

(1) *Vos estis sal terræ* (S. Paul).

Respirant et couvant d'un sein mélancolique
La moindre impression de la pitié tragique,
Trop prompt à m'attendrir, sincère ami des lois,
Cherchant dans mon cœur même un heureux contre-poids
A ces besoins d'un cœur qui s'agite et s'ignore,
A ce feu, né des sens, qui trop souvent dévore;
Je trouvai le bonheur dans les nœuds les plus doux,
Dans ces noms chers de fils, et de père, et d'époux.

A la rigueur du sort j'échappai, non sans peine.
Fait, sans l'avoir prévu, pour servir Melpomène,
Sur la scène, un peu tard, avec quelque bonheur,
J'amenai la pitié, le remords, la terreur.
D'Angiviller charmé me fut un second père.
Parvenu sans intrigue au fauteuil de Voltaire,
Né très peu courtisan, pensif et recueilli,
Par un peu de faveur à la cour accueilli,
A Marly m'égarant sous les plus frais ombrages,
Ivre de Sakespir, adorant ses ouvrages,
Doux au fond des forêts, terrible au sein des fleurs,

J'ai peint Macbeth, Léar, leurs crimes, leurs malheurs.

Fut-il bonheur plus grand ? fut-il faveur plus chère ?

J'ai vu de mes succès, j'ai vu pleurer ma mère.

Cette image jamais ne peut s'évanouir ;

Et j'ai même à l'instant le bonheur d'en jouir.

Mais toujours des succès l'Envie a pris naissance.

Ce monstre, en se cachant, se met en évidence.

Il hait, mais sourdement, écrivains et guerriers ;

Siffle en applaudissant, mord tout bas les lauriers,

Frémit d'être aperçu, retient sa bave impure,

S'abhorre sous son masque, et rit dans sa torture.

O souvent qu'avec peine, observant par malheur

D'un Pylade envieux la honteuse douleur,

Un poète, averti de ce qu'il n'eût pu croire,

A, perdant un ami, gémi d'un peu de gloire !

J'ai vu, par des succès trop long-temps tourmenté,

D'une chûte au théâtre un auteur enchanté,

S'enivrer de sa joie, et sur un corps sans vie

Faire sauter la Rage et trépigner l'Envie.

Mais toi qui sous la croix, dans des transports pieux,
Ne vois que la conquête et la palme des cieux,
Qui sais de nos néants la déplorable histoire,
Que Dieu ne mit qu'en lui la véritable gloire ;
Que de lui-même enfin, par l'orgueil exalté,
L'homme n'aurait jamais compris l'humilité ;
Que Dieu la révéla : si vers la cité sainte,
Loin d'un monde pervers, de sa chétive enceinte,
Ton zèle a quelquefois enlevé mes desirs ;
Si mettant en commun nos peines, nos plaisirs,
Souvent dans ces discours où le cœur se déploie,
L'amitié sur nos fronts fit rayonner sa joie ;
Ami, lorsqu'en ton cœur j'ai couru renfermer
De cruelles douleurs que Dieu seul peut calmer ;
Quand j'ai senti tes pleurs se mêler à mes larmes,
En aurais-je goûté le secours et les charmes
Si le ciel n'eût voulu t'amener près de nous,
Sur un sol moins coupable, et dans un air plus doux ? (1)

---

(1) M. Lemaire avant d'être curé de Rocquencourt fût vicaire
à Bicêtre, directeur et confesseur de la prison des Galbanons.

Mais, dis-moi donc comment, près d'un chalit funeste,

Où se pressaient la mort, et le crime, et la peste,

Vers d'affreux scélerats par ton zèle entraîné,

Respirant sur leur bouche un air empoisonné,

Martyr, cent fois martyr, et martyr sans murmure,

Ange du ciel perdu dans une fange impure,

Tu leur faisais passer ton cœur religieux,

La paix du repentir, et le pardon des cieux?

Et tu n'as pu quitter la vue et la misère

De tant de malheureux qui t'appelaient leur père!

C'est un ordre absolu, c'est un ordre sacré,

Qui seul de ces cachots malgré toi t'a tiré.

Enfin tu vins aux champs. Le plus petit village,

Ou plutôt un hameau, t'offrit un hermitage,

Où, soignant tes brebis, seul, et voisin des bois,

Tu fus pasteur, hermite, et poète, à la fois;

Car ta muse, avec grace et sacrée et rustique,

Parfois au catéchisme a fourni son cantique.

Ton presbytère étroit, sous ton humble clocher,

A l'église attenant, suffit pour te cacher.

Le jardin, qu'à grand peine un quart d'arpent compose,

Comme un autre a son lys, son œillet et sa rose.

Un lilas, à sa porte, annonce le printemps,

Un cyprès nous y dit : « Tout passe avec le temps. »

Le charmant rousselet, la bergamotte encore,

D'un duvet parfumé s'y couvre et se décore.

Là, le chou s'arrondit ; et le laurier, plus loin,

S'élève, mais sans gloire, et caché dans un coin.

Un banc sous un berceau, voilà l'antre où l'hermite

Vient, son breviaire en main, le lit, et le médite.

J'y crois voir Paul, Antoine, auprès de leur ruisseau,

Et le pain tout entier dans le bec du corbeau.

Salut! vieux Démahis(1), brave homme, huissier en titre,

Qui fais marcher le chœur, et tourner le pupitre,

Battre et sonner la cloche, et par qui, dans ta main,

La bêche, utile aux morts, rend vivant le jardin.

---

(1) C'est le nom d'un fort brave homme, ancien jardinier
du curé de Rocquencourt.

Je t'aperçois d'ici, ma petite Taupette,

Qui jappes, mords ma jambe, et fuis dans ta cachette !

Et toi, savante en l'art de gouverner un pot,

Qui, hors de broche, à temps, mis toujours un gigot,

Que le ciel libéral, ma bonne mère Antoine,

Te donne à bon marché l'embonpoint d'un chanoine !

Tu m'as vu bien souvent, hermite à Rocquencourt,

Habiter le désert à deux pas de la cour ;

Lire, causer, me taire, ou, d'une main champêtre,

Y planter un pommier, dirigé par ton maître.

Un jour après sa messe, il m'instruit, et soudain,

Joyeux, je prends sa bêche et creuse le terrain.

Je plante un rejeton que Dieu fit pour produire.

O que je fus ravi lorsque je pus lui dire :

« Bel arbre ! ah ! puisses-tu, dans tes futurs rameaux,

« Heureux, béni du ciel, arrosé de ses eaux,

« Sentir monter ta sève à notre espoir promise,

« Et long-temps sur ton sol y fleurir pour l'église ! »

Ami, qui sur ton front noble, exempt de douleur,

3

Des martyrs du désert nous offres la pâleur,

Dont l'air est pénitent, et n'est jamais sauvage,

Pourquoi d'aucun souci, pourquoi d'aucun nuage

Ne vois-tu dans son cours ton bonheur combattu ?

C'est qu'il te vient du ciel, et naît de la vertu.

C'est que du faux toujours ta candeur s'effarouche ;

Et qu'en montrant ton cœur, le vrai sort de ta bouche.

Tu sais comme on traita la pauvre vérité :

L'homme la craint, la fuit ; il en est irrité.

Jadis on la logea dans le puits le plus sombre ;

Craintive et dédaignée, on l'y retient dans l'ombre.

Le présent, à pas lents, la voit enfin venir,

Et de loin, à demi, la montre à l'avenir,

Qui, devenant passé, sait ce qu'il en faut croire,

Et nous la masque encor sous les traits de l'histoire.

Régnant par l'intérêt dans les villes, les cours,

Le faux infecta tout, les écrits, les discours ;

Attira, plut, charma sur ses nombreux théâtres

Tant de mortels trompés, de son fard idolâtres.

Dans lui, sur son autel, le dieu, par toi chanté,
Visible et sous un voile a mis la vérité.
Pour l'homme que la croix sépare de la terre,
Les maux sont les vrais biens, les plaisirs sa misère.
Tout l'Évangile est là. Monde, alors tu n'es rien !
Aux riches, aux puissans, que peut dire un chrétien ?
Votre or, vos voluptés, vos rangs, votre étalage,
Ce sont des riens pour nous, des mots, pas davantage ;
Mais la douleur, la mort, l'infortune et ses coups,
Pour nous ce sont des mots, et des choses pour vous.
Ah ! de ce sort brillant qui vous charme et vous trompe,
Et de flatteurs adroits vous entoure avec pompe ;
De ce crédit puissant propre à vous éblouir ;
De ces immenses biens dont vous semblez jouir ;
De ces honneurs qu'en vous on rend à la fortune,
Honneurs dont elle-même en secret s'importune ;
Enfin de ce bonheur qu'en s'accroissant toujours
Ronge un ennui secret, ce fléau de vos jours,
La religion seule, et tendre, et vénérable,
Pourra faire pour vous un bonheur véritable.

Que de fois, cher pasteur, en parlant du trépas,

Tu m'as dit doucement que nous ne mourions pas;

Qu'en séparant les corps nos adieux nous éprouvent,

Et qu'en Dieu pour jamais tous les cœurs se retrouvent.

Eh! comment comprendrais-je, au jour d'un noir flambeau,

Quand je pleure mon père, assis sur son tombeau,

Que ma main ne tient plus qu'une froide poussière,

Et qu'envain je le cherche en la nature entière?

Oui, mon cœur me l'assure, il entend mes douleurs;

Oui, je le crois vivant sur la foi de mes pleurs.

Il est, il est en nous une céleste flamme.

Celui qui l'a créée, entend gémir notre ame.

Sans un Dieu tout est mort, le monde est arrêté;

Et mon premier besoin, c'est l'immortalité.

Que La Fage (1), en prêchant dans les plus nobles chaires,

Arme ces vérités de leurs traits salutaires;

Qu'à l'accent de son ame, à sa touchante voix,

---

(1) Prédicateur célèbre, qui remplit encore ce ministère à l'âge de quatre-vingts ans.

Les esprits et les cœurs soient vaincus à la fois ;
Que, célèbre orateur, simple en son éloquence,
Son zèle encor long-temps soit utile à la France :
J'applaudis. Mais pour nous, que les mêmes penchans
Entraînent au désert, seuls, et loin des méchans,
Avec Dieu, son amour, et sa paix pour compagne,
Nous pouvons fuir la ville et chercher la campagne.

Du moins, simple en ses mœurs, l'habitant du hameau,
Tranquille, y fend la terre, y conduit un troupeau.
Le besoin le réveille, exerce sa famille.
Du toit laborieux l'innocence est la fille.
La nuit couvre leurs yeux de ses plus doux pavots ;
Car toujours le sommeil est auprès des travaux.
L'homme des villes court, se plaint et se tourmente ;
Mais j'entends au hameau la pauvreté qui chante.
La bêche et le fuseau viennent à leur secours ;
Et des plaisirs sans fin n'abrégent pas leurs jours.
O que sur les cités les champs ont d'avantages !
Ils sont plus purs, plus doux, meilleurs pour tous les âges.

3.

Un je ne sais quel charme, éloignant les regrets,
Y calme notre cœur, y fait rentrer la paix.
« Chez-nous, me disent-ils, viens trouver la nature.
« Viens : nos ruisseaux pour toi vont doubler leur murmure.
« Il est dans nos vallons tel bois, frais, écarté,
« Où pour toi, ce printemps, Philomèle eût chanté :
« L'amour et le désert animaient son ramage; »
Et je sens que mon cœur vole à ce lieu sauvage.
Mon goût pour les forêts, les fleurs, et les enfans,
Le besoin d'oublier, tout me conduit aux champs.

La mort pourtant, la mort, avec sa faulx altière,
Si terrible aux palais, trouble aussi la chaumière.
Heureux dans ses devoirs le pasteur renfermé,
Qui vit pour son troupeau dont il se sent aimé;
Qui par l'hymen, les mœurs, voit fleurir son village,
Voit enfans et vieillards venir sur son passage !
Sa main les consacra, nus, entrant au berceau,
Et les consacre encor sur les bords du tombeau.
Providence visible, en aidant leur misère,

Il les enfante au ciel, les conserve à la terre.

Dans son église, aux champs, doux, simple, généreux,

Il n'eut jamais d'orgueil, c'est un pauvre comme eux.

Ami, non, sur leurs fronts tu ne vois point d'alarmes,

D'excès dans leurs plaisirs, de fastes dans leurs larmes;

Leur cœur a peu de cris, mais dans l'ombre il se fend.

Ont-ils perdu leur père, une femme, un enfant,

Ils viennent tous à toi. J'ai vu, par tes mains pures,

La résignation couler sur leurs blessures.

Et moi trop peu soumis... Mais il est tel malheur

Qui nous trouble l'esprit, qui nous perce le cœur.

J'ai craint jusqu'à ce jour, ami tendre et sensible,

De déchirer ton cœur par un récit terrible.

Écoute, le tableau va t'en être tracé;

Mais ne m'interromps pas quand j'aurai commencé.

Comment te peindre, ô ciel! cette horrible aventure

Quand tout dort et se tait, dans une nuit obscure,

Tout jeune, ardent, sensible, à mon père attaché,

Heureux entre ses bras de me sentir couché,

Du plus profond sommeil je goûtais tous les charmes.
Dans un bois sourd, épais, vaste et tout noir d'alarmes,
Je crois voir trois brigands dont le fer assassin
Va, de sang altéré, se plonger dans mon sein.
De ma jeunesse armé, je cherche à me défendre.
Je me saisis soudain du père le plus tendre.
« Mon fils! mon fils! c'est moi! » Frémissant, consterné,
Le voilà hors du lit avec force entraîné.
Là, tous deux à genoux, dans une lutte affreuse,
Nous nous entrelaçons; d'une main furieuse

Je vais le suffoquer. Lui tremblant, éperdu,
Combat, résiste, appelle, et n'est point entendu,
Ni de l'épaisse nuit, ni du ciel qu'il implore,
Ni d'un fils qu'il épargne, et qui l'étouffe encore.
L'un à l'autre si chers, combattans malheureux,
D'où viendra donc un terme à ce choc ténébreux?
Son désespoir au ciel tend ses mains vénérables.
L'air soudain s'est rempli de ses cris lamentables.
La vieille Marthe arrive, une lampe à la main;
Elle voit (mais mon bras s'est arrêté soudain),

Moi tout pâle, mourant aux genoux de mon père,

De mes indignes yeux repoussànt la lumière ;

Lui regardant les miens, lui sur mon cœur penché,

Et me cachant son sein par mes mains arraché.

Il me tendait la sienne encor de pleurs humide.

Qui moi, grand Dieu ! qui moi ! j'eusse été parricide !

Ciel ! tu l'aurais permis ! « Calmez votre terreur ;

« Ce récit, comme vous, m'a pénétré d'horreur.

« Ne voyez, croyez-moi, que la bonté céleste,

« Qui seule a fait cesser un combat si funeste.

« La vie, où tant de flots peuvent nous submerger,

« Nous met sans cesse en guerre et n'est qu'un long danger.

« Il existe un penchant qui, trop fait pour séduire,

« Sur un cœur né sensible étend loin son empire.

« Il fut souvent fatal. Mais vous êtes chrétien,

« Et des sources du mal Dieu fait sortir le bien.

« Celui qui vous sauva du meurtre affreux d'un père,

« Vous sauvera de vous ; marchez à sa lumière.

« Ah ! qu'il prête long-temps son charme le plus doux

« A la tendre amitié qu'il fit naître dans nous !

« Allez trouver, ami, votre chrétienne mère ;

« Le calme aux cœurs soumis fut donné sur la terre.

« Rentrez chez elle en paix, et rendez grace à Dieu.

« Son toit pur vous rappelle, et le jour tombe ; adieu. »

ÉPITRE

A MON AMI ANDRIEUX.

—————

Mon ami, c'est donc là, dans cet humble hameau,
Que, sur le verd penchant du plus joli côteau,
S'offre à moi le jardin et la maison tranquille
Qu'illustra le séjour de Collin d'Harleville ;
Là, d'un champ paternel que, pieux héritier,
Pour les muses, les mœurs, respirant tout entier,
Le plus doux des mortels, mais doux avec courage,
Vécut aimé du ciel et béni du village.

Oui, c'est là qu'il conçut son Aimable Inconstant ;
Son facile Optimiste, heureux, toujours content ;
Ses Châteaux en Espagne, erreur douce et si chère ;
Et l'amusant ennui du Vieux Célibataire
Allant au Luxembourg promener ses chagrins ;
Et sa madame Évrard, si fatale aux cousins.

C'est là qu'il se cachait; là, que de sa demeure
Il descendait pensif vers les rives de l'Eure,
Y trouvant, par Thalie et par Flore appelé,
Quelque rôle enchanteur pour Contat et Molé.

Que de fois un vieux pâtre, une Lise naïve,
L'ont regardé de loin, dans leur joie attentive,
Apprentif jardinier, armé de lourds ciseaux,
Tondre un mur de charmille, applanir ses rameaux !
Que de fois, variant ses douces promenades,
Il vit de Maintenon les superbes arcades;
Et plus loin, dominant dans le fond du tableau,
Parmi des peupliers, les tours d'un vieux château !
Mais sur-tout il se plut sur les rives fleuries,
Lieux du repos, du frais, des douces rêveries,
Rappelant, par leur grace et leur simplicité,
Ses mœurs et ses écrits pleins de naïveté :
Aussi ses vers charmans, sur notre heureuse scène,
Nous ont-ils fait souvent retrouver La Fontaine :
On vit l'air de famille. Oui, d'un humble jardin,

D'un petit coin de terre, appelé Mévoisin,
Sortit, cher Andrieux, déja mûr pour la gloire,
Le nom de notre ami, resté dans la mémoire,
Dont tu gardes le buste où se plaît à fleurir
Un laurier toujours verd qui ne peut plus mourir.

Hélas! quand sous tes yeux, la bêche sur sa bière,
De son étroit asyle eut fait rouler la terre,
En peignant nos regrets, ses talens et ses mœurs,
Par tes pleurs, Andrieux, tu fis couler nos pleurs.
Tu courus chez Houdon, l'un de nos Praxitèles,
Dont le ciseau fameux, sous des traits si fidèles,
Fit revivre, à leur gloire associant son nom,
Molière et La Fontaine, et Voltaire et Buffon;
Qui, l'ami de Collin, sur sa figure éteinte,
De ses traits à la mort a dérobé l'empreinte;
Et dans la simple argile au moins nous l'a rendu :
C'est à vous deux, ami, que ce bienfait est dû.
Collin! né pour les champs, que le ciel fit poète,
Que la grace inspira, que l'amitié regrette,

Devais-tu sous la tombe être sitôt caché ?

Par quels tendres liens tu lui fus attaché,

Cher Andrieux! tous deux simples et sans envie,

Les mêmes goûts charmaient votre paisible vie.

Je te vois près de lui, ton crayon rouge en main,

Notant un manuscrit qui te supplie en vain :

De ta vocation j'y reconnais la marque ;

Exprès, Dieu pour Collin te fit un Aristarque,

Sûr, instruit, mais sévère. A sa campagne, hélas !

Que de fois sur ses vers tu le désespéras !

J'ai lu votre acte. — Eh bien ? — Il n'est pas net encore.

— Et le style ? — Un peu pâle, il faut qu'il se colore.

— Ma grande scène, au moins, je la crois assez bien.

— Moi, je vois qu'il y manque... — Eh quoi donc? — Presque rien.

Il faut y revenir. — La patience s'use.

— Bon ! la persévérance est la dixième muse.

— Ce qu'on a fait sept fois, faut-il le répéter ?

— Sept fois, dix fois, vingt fois, on ne doit pas compter,

— Cruel homme ! — Au talent je me rends difficile ;

Si vous en aviez moins.... — Et moi, je suis docile.

Le lendemain matin il revient : la voilà !

Lisez, qu'en dites-vous ? — Ah ! très bien, c'est cela :

Votre scène à présent doit réussir et plaire.

Je l'avais bien sentie. — Et vous l'avez fait faire.

— Tenez, lisez ce conte, afin de vous venger.

Critiquez, montrez-moi ce que j'y dois changer.

— Voyons ; je trouve là plus d'un trait à reprendre.

—Donnez-moi quelques vers, je pourrai vous en rendre.

D'une amitié parfaite, ô spectacle enchanteur,

Que ne troubla jamais l'amour-propre d'auteur !

Ainsi Thomas et moi nous vivions comme frères.

La mort rompit trop tôt des unions si chères.

O sincère Andrieux ! je t'ai trop tard connu.

Que Thomas, né si bon, si pur, tendre, ingénu,

Thomas t'aurait aimé ! Comme toi, sans envie,

Il veillait sur sa sœur qui veillait sur sa vie.

Collin te manque, hélas ! je le sens, je le voi.

Mais va, je t'aimerai pour Collin et pour moi.

O de combien d'amis j'ai vu s'ouvrir la tombe !

Nos jours sont un instant, c'est la feuille qui tombe.

Nous serons tous bientôt rendus aux mêmes lieux ;

Thomas, Ducis, Collin, Florian, Andrieux.

Nous restons deux encor : plus près de la nacelle,

Me voilà sur le bord, le vieux Nocher m'appelle.

Un nœud peut à la vie encor nous attacher ;

C'est quelque bien à faire, il faut nous dépêcher.

Moi, dans l'art de Boileau, mon exemple et mon maître,

Aux mœurs je puis, en vers, être utile peut-être.

J'ai besoin du censeur implacable, endurci,

Qui tourmentait Collin, et me tourmente aussi.

C'est à toi de régler ma fougue impétueuse,

De contenir mes bonds sous une bride heureuse,

Et de voir sans péril, asservi sous ta loi,

Mon génie, encor vert, galopper devant toi.

Non, non ! tu n'iras pas, craintif et trop rigide,

Imposer à ma muse une marche timide.

Tu veux que ton ami, grand, mais sans se hausser,

Sachant marcher son pas, sache aussi s'élancer.

Loin de nous le mesquin, l'étroit, et le servile !

Ainsi, comme à Collin, tu pourras m'être utile.

Mais des Quintiliens l'art par toi professé

De jeunes auditeurs charme un essaim pressé ;

Tu leur ouvres du beau toutes les avenues

Que le vulgaire ignore et qui te sont connues.

De l'éclat du faux or tu sais les garantir,

Leur apprendre à bien voir, bien juger, bien sentir.

Ne crois pas que pour toi leur zèle ardent ignore

Tes mœurs et tes écrits dont l'Hélicon s'honore.

Crois-tu qu'ils n'ont pas vu, sur la scène applaudis,

Gais de verve et de traits, tes charmans Étourdis ;

Sous son costume grec, sage, aimable, et cœur tendre,

Finement ingénu, sourire Anaximandre ;

Tes bonnes gens chercher, dans leur pauvre vallon,

Brunette qu'en tes vers leur rendit Fénélon ?

Ils aiment tes récits et ton charmant théâtre ;

Mais si l'esprit nous plaît, le cœur, on l'idolâtre.

Oui, lorsque l'éloquence, à tes chers nourrissons,

Par ta voix, Andrieux, va dicter ses leçons,

4.

Sais-tu ce qui sur-tout les instruit et les touche?

Ce ne sont pas les mots qui sortent de ta bouche,

Ni d'un parlage adroit les secrets différens,

C'est toi-même observé par leurs yeux pénétrans;

Pour ta mère, chez toi, ta pieuse tendresse;

C'est ton culte attentif, tes soins pour sa vieillesse,

Tes soins pour ta sensible et délicate sœur,

Si douce envers ses maux et si chère à ton cœur;

Qui, sans bruit, aux vertus élevant tes deux filles,

De ces objets d'amour, trésor de deux familles,

Vient charmer tes regards, remplir tes bras, ton sein :

O fruits d'un chaste hymen, rappelé mais en vain,

Venez souvent offrir aux yeux de votre père,

L'air, la grace, les traits, le cœur de votre mère!

Va, crois-moi, va, le ciel mit des rapports touchans,

Et de longs souvenirs, et des vœux attachans,

Entre l'homme sensible et l'aimable jeunesse,

Qui, d'éloquence avide et sur-tout de sagesse,

S'adonne à son école et s'instruit doublement:

C'est un contrat sacré, c'est un pacte charmant,

Où, par le temps, le cœur, les soins, la vigilance,

Le bon Rollin du sang croyait voir l'alliance.

Je t'en réponds pour eux; ils t'aiment, t'aimeront,

Et leur vive candeur te le dit sur leur front.

Ils se croiront sans peine et long-temps sous ta vue.

Et si dans un moment quelque amorce imprévue

Tentait leur cœur surpris d'un charme insidieux,

Ils s'écriront d'abord : Que dirait Andrieux ?

Que leur dis-tu sans cesse, et quelle est ta maxime ?

« Ayez toujours besoin de votre propre estime :

« Mortel, respecte-toi ! mortel, sois convaincu,

« Sans ce respect sacré, que tu n'as pas vécu.

« Vivras-tu si tu perds, l'ame au vice asservie,

« Ce qui met seul du charme et du prix à la vie ? »

Ainsi, lorsqu'animant une utile leçon,

Tu montes leur esprit sur le plus noble ton,

Ce vrai beau dans les arts qu'ils aiment, qu'ils admirent

C'est encor dans les mœurs le vrai beau qu'ils respirent.

Par toi leur cœur se forme avec leur jugement :

Leur pensée apprend l'ordre et s'explique aisément ;

Leur langage, leur style, et s'arrange et s'épure.

Ton grand mot, le voici : Restez dans la nature.

Dans ses heureux sentiers, hélas ! trop peu battus,

Toujours marchent ensemble et talens et vertus.

CÉCILE ET TÉRENCE.

A MON RESPECTABLE AMI

JEAN-FRANÇOIS DUCIS.

AIMABLE et bon vieillard, toi dont l'ame énergique
Ne ressent point des ans la froideur léthargique,
Dont le talent vainqueur de quatre-vingts hivers
Garde encor sa jeunesse et sa flamme en tes vers;
O des douleurs d'OEdipe éloquent interprète,
Cher Ducis, quand tu viens visiter ma retraite,
Il me semble toujours voir entrer avec toi
L'incorruptible honneur, la franchise, la foi;
Sur tes beaux cheveux blancs qu'un vert laurier couronne,
Des talens, des vertus, le double éclat rayonne;
Je pense que le ciel daigne envoyer exprès
La Sagesse vivante et sous de nobles traits,
Pour m'en faire éprouver l'influence prospère,
Et que tu viens bénir mes enfans et leur père.

Le nom de ton ami m'est un titre d'honneur.

Juge avec quel respect, juge avec quel bonheur

J'accepte le présent que tu viens de me faire !

J'ai lu, relu vingt fois cette épître si chère !

O combien je te dois ! D'un ami qui n'est plus,

De Collin, cher objet de regrets superflus,

La cendre se ranime à tes vers, à nos larmes ;

Tu peins avec amour et d'un ton plein de charmes

Ses aimables travaux , ses champêtres loisirs,

Son clos, son petit bien plus grand que ses desirs,

Et le rare talent qu'il reçut en partage,

Et sa maison des champs , paternel héritage !

Tes vers sont pour nous deux ; je suis seul aujourd'hui ;

Je n'ai pas le bonheur de les lire avec lui ;

Sa muse dignement répondrait à la tienne ;

Puis-je, hélas ! te payer et sa dette et la mienne ?

Essayons cependant. Mais qu'aurai-je à t'offrir ?

Voyons ; je veux d'un conte amuser ton loisir.

Je donne ce que j'ai. Suspendant mon étude,

Mes propres fictions peuplent ma solitude.

Je m'entoure à mon gré de héros de mon choix;

Ils viennent à mon ordre ; ils sont là ; je les vois.

Évoquons aujourd'hui du sein de Rome antique

Un illustre vieillard , un auteur dramatique ,

Dont le nom s'est sauvé du naufrage des temps.

J'ai retrouvé de lui, parmi de vieux fragmens ,

Un fait que je te veux raconter ; et peut-être

Dans quelqu'un de ses traits vas-tu te reconnaître.

Cécile avait cent fois aux Romains enchantés

Fait applaudir ses vers au théâtre chantés;

Aux Muses consacrant sa longue et noble vie,

Il avait regardé les trésors sans envie ;

Des honneurs et des rangs il ne fut point tenté;

Mais sage, libre, heureux, il vivait respecté.

Il vint un des premiers polir un dur langage,

Et de Rome adoucir la rudesse sauvage.

Car tu sais (au collége Horace nous l'apprit)

Que, long-temps insensible aux plaisirs de l'esprit,
Ce peuple usurpateur, altier, ami des armes,
De la victoire seule idolâtrait les charmes ;
Et ce ne fut qu'au temps où son pouvoir fatal
Eut enfin renversé la cité d'Annibal,
Qu'il fit des doctes grecs la connaissance utile,
S'informa de Thespis, de Sophocle, et d'Eschyle.
Un rapide succès couronna ses travaux,
Et ses maîtres chez lui trouvèrent des rivaux.

Déja ce nouveau jour qui commençait à luire
Répandait le desir et le soin de s'instruire ;
Des plus nobles maisons les jeunes héritiers
Associaient l'étude à leurs travaux guerriers ;
Scipion, Lélius, couple d'amis fidèles,
De valeur, de bon goût, émules et modèles,
A Thalie, en secret, offraient un grain d'encens ;
La muse leur jeta des regards caressans ;
Ces deux jeunes héros goûtaient notre Cécile,
Venaient le visiter dans son modeste asyle ;

Confidens de ses vers encor sur le métier,
Et sous un si grand maître heureux d'étudier.

Il aimait à tracer de tendres caractères,
La piété des fils, les droits sacrés des pères,
A peindre le méchant de remords combattu,
A foudroyer le vice, à venger la vertu.
Quittait-il le travail ; simple, naïf, aimable,
Le front toujours ouvert, l'humeur toujours affable,
Oubliant ses lauriers et sa gloire d'auteur,
Cécile était bon homme et s'en faisait honneur.

Un jour, un inconnu pour le voir se présente,
Tout jeune, et n'ayant pas l'apparence imposante ;
Ses cheveux noirs, laineux, et son teint basané,
Sous le ciel africain attestent qu'il est né ;
Modestement vêtu, l'air encor plus modeste,
Une grace timide accompagne son geste ;
Dans ses yeux renfoncés on voit briller l'esprit ;
Sous les plis de sa toge un épais manuscrit

Le fait pour un auteur aisément reconnaître.

Vieilli dans la maison, confident de son maître,

L'affranchi de Cécile introduit l'étranger,

Qui bégaye une excuse et craint de déranger.

D'un regard paternel Cécile l'encourage :

« Voilà comme j'étais, lui dit-il, à votre âge,

« Lorsqu'au vieux Livius (1) j'allai me présenter;

« Il me reçut fort bien et j'aime à l'imiter.

« Que voulez-vous de moi ? Quel sujet vous amène ?

A cet aimable accueil, qui le rassure à peine,

Le jeune homme répond qu'il attend en effet

Des bontés de Cécile un important bienfait.

« On touche aux jours brillans des fêtes de Cybèle;

---

(1) *Livius Andronicus*, le plus ancien des poètes latins connus. On rapporte ses commencemens à l'an 512 de la fondation de Rome, vers la fin de la seconde guerre Punique.
Livi scriptoris ab œvo.

HORAT., Ep. I., Lib. 2.

« Dans cette occasion, et sainte et solennelle,

« Sur un vaste théâtre aux Romains rassemblés,

« Des spectacles pompeux doivent être étalés.

« J'ose former peut-être un desir téméraire,

« Dit-il; mais si ma pièce à Rome pouvait plaire!

« Si pour mon coup d'essai j'étais assez heureux!...

« L'un des deux magistrats qui président aux jeux,

« L'édile Fulvius, accueillant ma prière,

« De la gloire consent à m'ouvrir la carrière;

« Mais d'abord, m'a-t-il dit, il faut qu'en m'éclairant

« Un suffrage fameux vous serve de garant.

« Allez lire un matin votre ouvrage à Cécile;

« Il est maître en votre art. En disciple docile

« Je viens solliciter vos leçons, votre appui. ... »

« — Ah! que me dites-vous ? Apprenez qu'aujourd'hui

« Tout exprès je termine une pièce nouvelle;

« On me l'a demandée, on excitait mon zèle;

« Nos édiles eux-même (ils l'ont donc oublié)

« A plus d'une reprise instamment m'ont prié

« D'animer leur théâtre et d'embellir leur fête.

« J'ai travaillé long-temps ; ma comédie est prête ;

« La voilà! Comment faire ? Ah ! vous venez trop tard.»

« — Je connais mon devoir en ce fâcheux hasard ;

« J'aurai du moins la joie, ajoute le jeune homme,

« De mêler mes transports aux hommages de Rome ,

« D'entendre proclamer votre nom glorieux ;

« Je vous quitte. »—En parlant, des pleurs mouillaient ses yeux

« — Eh ! quoi de vos chagrins c'est moi qui suis la cause?

« De votre ouvrage au moins lisez-moi quelque chose.

« — Ah ! vous me consolez. Pour moi c'est un succès

« Que vous daigniez prêter l'oreille à mes essais.

« — Asseyez-vous. Lisez. Un peu plus d'assurance.

« Comment vous nommez-vous?—Je m'appelle Térence.

« — Mon cher Térence, allons; je vais vous écouter.

« Notre art est difficile ; il nous faut consulter

« Sur nos productions un ami sûr, sincère ;

« Et nous serons amis, vous et moi, je l'espère. »

Le jeune auteur déroule alors son manuscrit,
Approche un humble siége, et s'y place, et rougit.

Il commence en tremblant une première scène,

Vrai chef-d'œuvre !... Il lisait cette belle Andrienne !

Cécile écoute, admire, enfin est transporté :

« O ciel ! quelle élégance, et quelle pureté !

« Votre exposition est nette, naturelle ;

« C'est ainsi dans son art quand le poète excelle,

« Que l'art même s'efface... Où donc avez-vous pris

« De ce style enchanteur l'aimable coloris ? »

Plus la lecture avance, et plus le vieux poète

Applaudit au lecteur : « Cette pièce est parfaite ;

« Continuez, mon fils ; j'attends le dénouement,

« Et puis je vous dirai quel est mon sentiment. »

Lorsqu'enfin il arrive à la dernière page,

« Ne pas jouer cela !... Ce serait bien dommage !

« Je veux vous y servir, dit Cécile ; je dois

« Des édiles, pour vous, déterminer le choix.

« Ils m'en remercîront en voyant l'Andrienne.

« Térence, vous serez l'honneur de notre scène.

« Il vaut mieux que mes vers cette fois soient perdus,

« Et que je laisse à Rome un poète de plus.

5.

« Je sers l'art et moi-même en vous rendant service. »

« — Eh ! quoi ! vous me feriez un si grand sacrifice ?

« Et j'obtiendrais de vous cet appui généreux ?

« — Surpassez-moi, mon fils ; je serai trop heureux. »

Il l'embrasse à ces mots. Cécile tint parole.

Bientôt on entendit aux murs du Capitole

Tout un peuple charmé par le jeune Africain,

Lui donner le surnom du Ménandre romain.

Son vieil ami jouit de sa naissante gloire.

Que nous devons, Cécile, honorer ta mémoire !

Ah ! quand le temps jaloux de tes nombreux travaux

Ne nous en a laissé qu'à peine des lambeaux,

Cette bonne action, digne de nos hommages,

Doit nous faire encor plus regretter tes ouvrages.

Eh bien ! ce trait touchant de sublime bonté,

Je te connais, Ducis, il ne t'eût rien coûté.

Quel auteur moins que toi connut la jalousie ?

Digne amant de la gloire et de la poésie,

Heureux de tes succès, mais sans t'en éblouir,

De ceux de tes rivaux tu sus encor jouir ;

Tu vis avec transport naître sur notre scène

Plusieurs jeunes talens, l'amour de Melpomène ;

Tu suivis de tes vœux leur glorieux essor ;

Aussi tous, contemplant, dans leur digne Nestor,

L'accord d'un beau talent et d'un beau caractère,

T'ont nommé leur ami, leur modèle, et leur père.

                       ANDRIEUX.

ÉPITRE

A MON AMI RICHARD.

Ami, que de bonne heure ont vivement frappé
Et la mort si soudaine et le temps si rapide;
  Qui, de ce monde détrompé,
Courut souvent, pensif, de Dieu seul occupé,
Le chercher au désert dont ton cœur est avide :
Nous avons quelquefois, dans des bois ténébreux,
  Quand les vents plaintifs de l'automne
  Courbent le chêne qui frissonne,
Et font voler au loin les feuilles devant eux,
Nous avons ri du monde et des biens qu'il nous donne;
  Eh ! mon ami, nous disions-nous,
  Pour être sages, soyons fous.
  Que nous fait et sceptre et couronne ?
  Ces biens dont il est si jaloux,
  Fuyons-les, nous les aurons tous.

Le monde est à qui l'abandonne.
Mais par ce monde, hélas ! encor trop caressé,
Je ne me suis point enfoncé
Comme toi dans la Thébaïde ;
Et, s'il me faut tout dire, au lieu d'un clair ruisseau,
Trop souvent vieux pécheur, pénitent peu rigide,
Avec quelques mondains, en parlant mal de l'eau,
J'ai bu, non sans plaisir, tout frais de mon caveau,
D'un joli vin d'Arbois, dont il n'est jamais vide.
Ce régime, Richard, n'est pas du tout dévot ;
Mais il est coulant, c'est le mot.

Ah ! quand la mort soudain nous rappelle au Calvaire,
Qu'un ami qui craint Dieu nous devient nécessaire !
Que sa chrétienne main nous ouvre de trésors !
On ne demande point alors
Si son front est trop grave, ou sa voix trop sévère.
Il place auprès de nous cet éloquent flambeau
Qui nous dit : Pense à toi, c'est ton heure dernière.
Il y met à genoux le zèle et la prière.

Sur mon lit de douleur se lève un jour nouveau.

Quand je sors de ce monde il m'enfante pour l'autre,

Et mon ami, c'est mon apôtre,

Qui m'affermit tremblant sur le bord du tombeau.

Que l'amitié chrétienne est noble, utile et sûre !

Elle nous vient du ciel et non de la nature ;

Quels qu'ils soient, dans son sein, les mortels sont égaux,

Que s'y dispute-t-on ? des vertus et des maux.

Mais qui diviserait des cœurs que Dieu rassemble.

Par lui, dans lui, pour lui, l'amour les lie ensemble.

Déja, hors de ce monde, au ciel ils sont admis ;

Et n'étant point rivaux, ne sont point ennemis.

O paix inaltérable ! ardeur vive et céleste !

Par vous on sert Dieu seul ; on souffre tout le reste.

Ami, par ta retraite heureux et protégé,

Tu goûtais ses douceurs lorsque j'ai voyagé :

Le destin s'en mêla. Jamais par caractère,

Je n'eusse été, je crois, voyageur volontaire.

Auprès de mon foyer, j'eusse aimé cent fois mieux

Vieillir humble habitant du toit de mes aïeux,

Que revenir chargé, pauvre des biens du sage,

De luxe, d'avarice, et de tout l'or du Tage.

Tout projette en ce monde, et s'agite, eh! pourquoi?

C'est pour ne pas savoir vivre en repos chez soi.

Mes courses cependant n'ont pas pu me distraire

De ce commode instinct qui m'a fait solitaire.

A Dresde j'ai vu l'Elbe, et l'Oder à Breslau;

A Vienne le Danube, à Prague la Moldau.

    C'est là que, sur un pont antique,

Digne ouvrage des rois, monument catholique

      Par les douze apôtres paré,

Dans le jour éclatant d'un été magnifique,

Vint m'offrir son front pur, d'étoiles entouré,

De la confession le martyr révéré.

Ce saint jeune et célèbre est Jean Népomucène.

Confesseur d'une belle et chaste et tendre reine,

Pressé, cent fois pressé par son injuste époux

De trahir ses secrets, tourment d'un cœur jaloux,

Ce roi, pour le séduire, employa les caresses,

L'attrait d'un grand pouvoir, et faveurs et promesses.

Vains efforts! — Obéis. — Non. — Je le veux. — Jamais.

Sur son ordre, à ce mot, du haut de son palais

Que baigne la Moldau de ses grottes profondes,

Déja d'affreux soldats l'ont jeté dans ses ondes.

Triomphez, triomphez, prêtre du Dieu vivant!

La Moldau vous reçoit dans son gouffre écumant,

Elle est votre tombeau; mais une fin si belle

A mis dans votre main une palme immortelle.

On m'a montré la place où son front rayonnant

De cinq étoiles d'or se ceignit en tombant.

Aussi sur tous les ponts, dans la Bohême entière,

On salue en passant une image si chère,

Cet ange du silence au fond des eaux plongé,

Du livre des sept sceaux, aux pieds de Dieu, chargé.

Le flot, sous tous les ponts, semble, exprès plus rapide,

Fêter de la Moldau le martyr intrépide.

Il n'est point de beauté qui, d'abord au printemps,

Du front du jeune saint, protecteur de ses champs,

Des plus brillantes fleurs n'orne encor les étoiles.

De ton secret divin épaississant les voiles,

Sainte religion, comment accomplis-tu

(Lorsque la loi, l'autel, le trône est abattu,

Quand de mœurs sur la terre il n'est plus de vestige)

D'un silence éternel l'incroyable prodige ?

Mais sur tant d'autres lieux, sur tant d'autres états,

Où le desir de voir eût pu tourner mes pas,

Qu'en ai-je au sein de Londre, en méditant sur l'homme,

Vu le sceptre des mers, et vu la croix dans Rome.

Mais je ne me perds pas dans des sujets si grands.

Homme et simple poète, assis dans ces deux rangs,

Que des rois, des états les monumens m'échappent,

Ce sont les grands talens, les grands noms qui me frappent.

Pourquoi courir si loin voir d'illustres tombeaux,

Quand s'offrent à nos yeux tant de nobles berceaux?

Où donc est né Pascal, La Fontaine, Molière,

Corneille, Bossuet, Montaigne, la Bruyère,

Descartes, Montesquieu ? Mais il est dans nos cœurs,

Des songes, des vœux sourds, des goûts toujours vainqueurs.

6

Chacun rêve à son gré; chacun, à sa manière,
Se fait une patrie, un bonheur sur la terre.

Cher canton d'Appenzel! ah! lorsqu'au doux printemps
Tout verdit sur tes monts, dans tes prés, dans tes champs,
Que n'ai-je vu jadis y fêter la jeunesse,
Vivant tableau d'amour, de mœurs, et d'alégresse!
Avant que de mourir que n'ai-je au moins chanté
De ce jour solennel ce qu'on m'a raconté!
Ces danses, ces pasteurs offrant aux pastourelles,
Pour dons de simples nids, pour dons des fleurs nouvelles;
Tout un monde si jeune, agneaux, amant, époux;
Leurs chants... Comment vous peindre en vers dignes de vous
Ris naïfs, purs festins, innocentes images,
Que Paphos ne connut jamais sur ses rivages!
N'existeriez-vous plus, spectacles pleins d'attraits?
Ne fourniriez-vous plus de vers qu'à mes regrets!
Mes regards de vous voir étaient dignes peut-être;
Du pays des bergers deviez-vous disparaître?
Adieu, chastes tableaux, qui ne lassez jamais!

Hélas! ce fut mon sort: poète humble et champètre,

Né pour vivre content, forcé de ne pas l'être,

　　Je n'ai vu que ceux que je hais.

Quel cœur n'a pas gémi de ses peines muettes?

　　　Moi, j'en porte aussi de secrètes

　　　Dont je soupire, et que je tais.

Tout passe avec le temps, tout s'altère et tout change.

Vice, vertu, douleur, plaisir, tout est mélange.

C'est une coupe à boire, et Dieu nous la mêla.

Jusqu'au fond, douce, amère, il le faut, buvons-la.

Mais pour ne pas souffrir il faudrait être un ange.

Souffrons donc, Dieu le veut. Toujours il s'écoula

De son intarissable et facile clémence,

　　　Lorsque plus forte est la souffrance,

　　　Un baume qui la consola.

O quel tourment! souffrons. — Encor! — Nous y voilà:

　　　C'est l'instant de la récompense.

Plus d'horloge et de temps; l'éternité commence.

Nous mourons: allons vivre. Ami, la tombe est là.

ÉPITRE

A NÉPOMUCÈNE LEMERCIER.

———————

Nous l'avons dit cent fois, mon cher Népomucène,
Oui, sans doute il existe, on distingue sans peine,
Sous le nom de génie un instinct précieux
Qui sur le grand artiste est versé par les cieux.
Cette ardente vigueur, sève active et vivante,
Bientôt l'émeut, l'étonne, et l'enflamme et l'enchante.
Raphaël, crayonnant, s'écria : Des couleurs !
Et l'abeille, en naissant, se jette sur les fleurs.
Dans ce champ des beautés qui parent la nature,
De cent miels différens l'or rayonne et s'épure.
Sous des ciseaux hardis, sous de rians pinceaux
Jupiter prend sa foudre, et Vénus sort des eaux.
Du peintre, du sculpteur, le poète est le frère :

La nature comme eux l'aime, l'instruit à plaire :
Excepté son art seul, tout paraît le gêner.
Son talent est un charme, il s'y laisse entraîner.
Tout charme est un tyran ; sitôt qu'il nous posséde,
Il lui faut obéir, il faut que tout lui céde.

Mais le Parnasse ingrat à ses chers nourrissons
N'offrit pourtant jamais ni pampres ni moissons.
Jamais, dans ses flots purs, à l'œil le plus avide
N'apparut un grain d'or dans l'onde Aganippide.
Et je vois sur ses bords, dans le sacré vallon,
Mille amans implorer les faveurs d'Apollon.
Trop heureux si le ciel les eût tous faits poètes !
Sur des gazons fleuris, sous de fraîches retraites,
Ils goûtent, sans obstacle, heureux de leurs desirs,
Une peine charmante, ou d'innocens loisirs.

Le lecteur dans leurs vers, pour eux souvent stériles,
Rencontre un sel piquant, ou des leçons utiles.
Ce rêveur immobile, assis sous des couverts,

6.

C'est ce bon La Fontaine, instruisant l'univers.

Molière met à nu Tartuffe qu'on déteste,

Le traîne en plein théâtre, ou se peint dans Alceste.

Bon homme avec humeur, l'Homère du Lutrin,

En goût, en poésie est juge souverain.

Avant lui l'art des vers naquit avec Malherbe.

L'ode acquit sur sa lyre un ton juste et superbe.

Par lui la mort se plut à publier ses lois,

Et brava la consigne et la garde des rois.

A table avec Vénus, Chaulieu se plaît à rire.

Des secrets du couvent, Gresset va nous instruire;

Parmi les jeux, les ris, les graces, les plaisirs,

Mille auteurs, tous Français, sont rivaux des zéphirs.

Quel bonheur enivrait et Racine et Corneille,

Lorsqu'un souffle sacré divinisa leur veille !

Polyeucte ! Athalie ! ah ! leur nom glorieux

Par vous s'élève encore en planant dans les cieux,

Et vous, nouveaux David, sur vos harpes mystiques

J'entends pour l'Éternel retentir vos cantiques !

Heureux qui, sans orgueil, sur le coteau sacré,
Cultive un laurier pur, de sa muse assuré !
Il n'aura pas besoin, sachant ce qu'il doit croire,
De se tromper soi-même, et de rêver sa gloire.

Mais la vieillesse arrive ; et le besoin affreux
Gagne, atteint un poète et fier et malheureux.
Son front, ceint de lauriers, sous leurs feuilles divines,
N'aura que trop senti se glisser les épines.
Où la gloire brillait, le péril fut caché.
Ah ! ce laurier tardif, moins cueilli qu'arraché,
Songe, charme, et tourment, de notre courte vie,
Qu'au milieu des serpens nous dispute l'envie,
Après trente ans d'efforts, quand on peut l'acquérir,
Orne enfin nos tombeaux, sans jamais les rouvrir.

Auteurs ! vous payez cher, ivres de sa conquête,
Ce superbe rameau qui croît pour votre tête.
Mais l'amant éperdu, mais l'amant transporté
Fut-il par un obstacle un moment arrêté ?

Léandre, au sein des flots, s'est plongé dans l'orage;

Et rend grace à l'éclair qui le guide au rivage.

Mais le savant caché pâlit de ses efforts;

L'avare sur les mers court chercher des trésors.

Alexandre, dans l'Inde, entraîné par la guerre,

Combat, sue et s'essouffle à conquérir la terre;

Tandis qu'en paix Corneille, assis à ses foyers,

Se conquiert toute Rome, en peignant ses guerriers;

Et que du goût français, prêt à fonder l'empire,

Boileau ronfle en plein greffe, et rêve la satire.

Mais il est des mortels d'un naturel plus doux,

Sans ruse, indépendans, de leur repos jaloux,

Errans sans cesse au gré d'une planète heureuse,

Qui dans l'accès charmant de leur muse rêveuse

Semblent trouver leurs vers en les sentant venir,

Et n'avoir plus besoin que de s'en souvenir.

La Fontaine et Panard étaient de cette espèce.

Ils n'avaient point au monde envié sa richesse;

Ils avaient pris de lui tout ce qu'il a de mieux,

La liberté, la paix, ces doux présens des cieux.

Panard (je l'ai connu) me parut un bon homme,

Pauvre, et toujours content, vivant on ne sait comme,

Vieil enfant qu'on attrape, en ayant la pudeur,

Et sur son front joyeux la facile candeur.

Parlerai-je de moi ? Si ma mémoire est bonne,

On m'a trompé souvent, je n'ai trompé personne ;

Et si plus d'un renard m'a jadis attaqué,

Il n'en est pas sur cent un seul qui m'ait manqué.

A ce peuple innocent il ne faut point d'affaire.

Que j'ai toujours haï la fourbe et le mystère !

Mais ta raison, ton air, tes traits, ta vérité,

Cher ami, m'ont d'abord offert la sûreté.

Nos penchans s'accordaient, nous nous savions d'avance;

L'hymen sacré des cœurs naît de leur ressemblance.

Que dis-je ? il est tout fait, et sans peine affermi.

Notre instinct mieux que nous sait juger d'un ami.

Tu vins voir quelquefois, dans le loisir du sage,

Mon petit bois, mes fleurs, l'hermite, et l'hermitage :

Tu n'y trouvas point l'or, les grands, les dignités,

Mais le sommeil tranquille assis à mes côtés :

Rien n'y troubla nos goûts, notre entretien des muses;

Du terrible et des riens comme moi tu t'amuses.

Aux tragiques accens tu joignis les pipeaux ;

Né pour peindre les cours, tu chantas les troupeaux;

Pan toujours protégea l'ami de la houlette :

Par Joséphine aussi te voilà comme Admète :

Excepté d'être roi, chez vous tout est pareil :

Douce communauté de cœurs et de sommeil !

Il est facile et pur le bonheur de famille.

Un soupir pour la mère, un souris pour la fille.

Sans un si tendre hymen, par l'amour invoqué,

En mourant, cher ami, ton bonheur m'eût manqué !

Mais on craint l'avenir sur un passé coupable.

Nos souvenirs, l'hiver, tout nous est formidable :

Une neige flétrie, et nos demi-frimas

Dans une fange humide ont sali nos climats.

Les fleurs ne naîtront plus; et le peu qu'il en reste,

Le nord l'emportera. Chargé d'un froid funeste,

Borée accourt et souffle.... Ah ! si le doux zéphir

Après un long hiver peut enfin revenir,

(Car ne nous flattons point, race trop criminelle,

Méritons-nous encor d'entendre Philomèle ?)

Va dans cette vallée, asyle des neuf sœurs,

Où le calme et l'étude épanchent leurs douceurs ;

Où courait Catinat pour oublier Versailles,

Où Rousseau de Paris se cachait les murailles,

N'aimant qu'à voir le vrai, les champs, et ses foyers,

Où Grétry vient dormir sous leurs communs lauriers.

Il semble avec Jean-Jacque habiter l'hermitage,

Et battre encor des mains au Devin du Village.

Oui, c'est là que Taunay, par son goût entraîné,

Peignit, d'après ses mœurs (père, époux fortuné,

Cachant, non sans éclat, sa vie heureuse et pure;)

Les plus charmans tableaux qu'inspira la nature.

Riant Montmorency ! (1) qu'il me plut ton séjour,

---

(1) J'ai habité quelque temps ce charmant endroit avec ma première femme Élise et mes deux filles, Aure et Henriette, encore dans l'enfance. Mon bonheur eût été d'y passer mes

Quand mon cœur palpitait de jeunesse et d'amour !

Voilà, voilà tes bois, tes champs et tes prairies,

Tes cent vergers en fleurs, ton lac, mes rêveries !

Imagination ! tyran que j'ai chanté !

Ton charme est invincible, il est illimité.

Le poète est par-tout. Amour, crime, innocence,

Il peint tout sur sa toile ; il touche un orgue immense :

Cet orgue est dans son ame, et met en son pouvoir

D'innombrables claviers que lui seul fait mouvoir.

---

jours au sein de la vie domestique, d'une belle retraite champêtre, et du plaisir de me livrer à la poésie pastorale et tragique, travail auquel je me sentais appelé par la nature. Telle
était ma secrète et chère résolution. Mais la faible poitrine de
ma femme m'obligea de revenir bientôt à Paris, où je ne tar-
dai pas de la perdre, en attendant que le même fléau me
condamnât à survivre aussi à mes deux filles. Je n'oublierai
jamais que, pour m'aller établir à Montmorency avec ma
famille, je passai par Saint-Denis le même jour où y entrait
Madame Louise pour y prendre possession de sa solitude dans
le monastère des Carmélites.

On dirait qu'il les presse ; et, par sa main légère,

Qu'il règne, en l'agitant, sur la nature entière ;

Qu'il emplit, à son gré, doux, terrible et profond,

Ses cent roseaux d'argent du souffle d'Apollon.

Magicien charmant, adorable Protée,

C'est ainsi qu'il commande à notre ame enchantée,

Qu'il prédit, et qu'il tient tous les temps, tous les lieux,

Et le sceptre et la foudre, et l'enfer et les cieux.

Mais s'il peut par sa verve, et de vives images,

M'entraîner à Tibur sous les plus frais ombrages,

Il peut aussi sur moi, perdu dans les déserts,

Verser des monts de sable agités dans les airs ;

Il peut m'ensevelir, glacé par la froidure,

Sous les frimas du nord, tombeaux de la nature ;

En chantant les combats, Mars, ses cris, sa fureur,

Il peut, troublant mon sein, y porter trop d'horreur.

Ah ! si mes vers jamais t'ont rendu quelque hommage,

Muse, à qui je dois tout, n'environne mon âge

Que de doux souvenirs, que d'innocens objets !

7

Que je rêve Arcadie, Hémus et ses forêts,
Le chant de deux bergers, le désert qui repose,
Pour nous donner le miel la jeune abeille éclose !
Que je rêve les fleurs, et les bords fortunés
Où l'Arioste, Homère, et le Tasse, sont nés ;
Et la beauté sensible avec la grace unie :
Andromaque, Didon, Ève, Inès, Herminie !
Arrachant les forêts, tout nu, pâle, et jaloux,
Quand Roland, vagabond, fait mugir son courroux ;
Sous sa grotte, à l'écart, qu'Angélique amoureuse
Des feux du beau Médor soit encor plus heureuse !
Sur la mousse et les fleurs du plus doux oreiller
L'amour va m'endormir...... Si j'allais m'éveiller !

Imagination, si féconde en prodiges !
Je ne dispute point le charme à tes prestiges.
Mais, ciel ! que de périls et d'attraits sur tes pas !
Je m'y crois près d'Armide, et j'y crains ses appas.
Par quel art enchanteur, quelles douces adresses,
Tu sais chercher, surprendre, exciter nos faiblesses,

Nous en ôter la crainte, et verser dans nos cœurs
Le poison des desirs, des transports, des langueurs!
Dans tes états charmans tout brille et se colore :
Le devoir, qui les fuit, vers eux se tourne encore.
De tes songes long-temps on aime à se bercer.
Eh ! qui de tes romans peut se débarrasser ?
Qui sait si ton étrange et suspecte puissance
Ne nuit pas au bon sens, au calme, à la constance,
Que dis-je ! à la vertu ? Ta flexibilité
Fait, sans cesse, à tous vents, mouvoir ma volonté.
Dieu fit pour l'homme exprès son amour et sa crainte,
Et de ses traits en lui fit resplendir l'empreinte.
Il lui transmit d'un père et le cœur et le nom.
Il l'a, comme en un trône, assis dans sa raison :
Il y mit le droit sens, la bonté, la justice,
Le noble amour de l'ordre, et la haine du vice ;
Attachant aux vertus leur prix dans leurs efforts,
Le calme à l'innocence, aux forfaits les remords ;
N'ayant jamais permis que l'homme, son image,
Ait pu voir de sang-froid le crime qui l'outrage.

Quand m'offrant Cléopâtre, et de sa coupe armé,

Corneille peint sa rage, en paraît animé,

Qu'il se change en furie, en exécrable mère,

Et que, fumant encor du sang du second frère,

A l'autel de l'hymen, prêt à les couronner,

Il flatte deux amans qu'il veut empoisonner ;

Quand Corneille, en un mot, si grand, si magnanime,

De lui-même eût osé commettre un si grand crime,

Eût-il pu dans ses vers nous l'offrir ? Non : soudain

Sa plume accusatrice eût tombé de sa main.

Du ciel, du ciel ainsi le veut la loi suprême,

Jamais un scélérat ne se peindra lui-même.

Que l'atroce Roger, (1) que ce tigre ose enfin

Démurer, s'il se peut, le cachot de la faim ;

Qu'il y voie à loisir le squelète d'un père,

Mort d'horreur immobile, et glacé sur la pierre,

---

(1) Roger, archevêque de Pise, dont le comte Ugolin dévore le crâne dans l'Enfer du Dante : c'est le plus beau morceau de poésie qui existe dans le genre terrible.

Mort déchirant sa chair ; que sur ses ossemens

Il distingue, attentif, les os de ses enfans ;

De ne pas s'abhorrer il ne sera plus maître.

Pour Ugolin, pleuré par les pères à naître,

Il ne concevra pas l'excès de sa fureur.

De ce tombeau rouvert parcourant la terreur,

C'est le ciel qui le veut, pressé par ses murailles,

Pour venger Ugolin, il en prend les entrailles,

Va s'asseoir sur sa pierre ; et là, sans mouvemens,

Seul, de l'Enfer du Dante épuise les tourmens.

Ne nous y trompons pas, de tout temps, sur la terre

Il existe, invisible, un tribunal sévère :

L'ame douce, en ce monde, en jouit doucement ;

Tout coupable y subit son juste châtiment.

Tout crime a son supplice ; il y tient, il y cloue

Sous sa roche Sisyphe, Ixion sur sa roue.

Cet avare est Tantale, altéré par les flots,

Qui de dépit, de soif sèche au milieu des eaux.

Vous, qu'un grand attentat unit aux Danaïdes,

O que d'espoirs vont fuir de vos urnes perfides !

Et toi, fameux vautour, quel mortel dans son sein,

Peut-être, parmi nous, t'offre un affreux festin ?

Notre Tartare aussi poursuit les parricides :

J'y vois au lieu de trois courir cent Euménides,

Cent hydres s'y dresser, rouler cent Phlégétons,

Et l'enfer des vivans s'emplir sous d'autres noms.

Oui, Dieu même ici bas lâcha son épouvante ;

Il remit sa terreur entre les mains du Dante.

Jeunes amans des arts, contre l'audacieux

Révélez et la marche et le pouvoir des cieux !

Percez les murs, voyez. Quand tout meurt et tout change,

Sont-ils morts vos aïeux, Raphaël, Michel-Ange,

Le Dante, Pergolèze, avec tous leurs lauriers ?

Les trônes, l'airain s'use, et leurs noms sont entiers.

Savez-vous d'où leur vient cette gloire infinie ?

La vertu fut chez eux la source du génie.

Leur génie habitait dans le fond de leur cœur,

Et leurs conceptions y puisaient leur vigueur.

C'est là que mûrissaient leurs beautés éternelles ;

De-là que s'élançaient leurs audaces nouvelles.

Méditez-les, séchez, consumez-vous d'ardeur !

Mais n'écoutez pas trop, frappés de sa splendeur,

L'imagination, si prompte à vous séduire :

Retenez vos pinceaux, vos doigts brûlans d'écrire.

Le plan d'abord ! le plan ! l'inflexible unité !

Que tout y soit d'accord, tout y soit arrêté.

Ouvrez-vous dans les airs des routes inconnues ;

Mais qu'un but, un frein sûr vous règle dans les nues.

Que votre enchanteresse, avec tous ses attraits,

Pare alors la raison, sans la guider jamais.

Craignez donc en l'aimant cette belle ennemie.

Cependant des vertus, c'est quelquefois l'amie :

Mais, hélas ! trop souvent elle entraîne aux excès

Un naturel terrible, et voisin des forfaits.

Vous, qui tout près du crime en sentez les alarmes,

Venez, de la vertu contemplez tous les charmes,

Tombez à ses genoux, de ses rayons percés !

Trop heureux les mortels sur sa trace empressés !

Préservez-moi, grands dieux ! ou qu'à l'instant j'expire,
D'un cœur où le remords s'enfonce et le déchire !
Fonde plutôt sur moi tout ce globe abattu,
Que d'avoir un instant à pleurer la vertu !

O céleste vertu ! tout méchans que nous sommes,
Tu conserves encor quelques droits sur les hommes :
Sans excès merveilleuse, admirable sans bruit,
Tu défends qui t'opprime, et cherches qui te fuit.

C'est ainsi que Socrate éclata dans Athène,
Donnant un grand spectacle à la nature humaine.
O muses ! chastes sœurs ! sur un luth adouci,
Chantez, chantez Socrate ! il fut poète aussi :
Ce grand homme enchaîné, que son calme enveloppe,
Mit en vers le génie et les fables d'Ésope.
Sous ses attraits sacrés il offrit la raison :
Adorateur de l'ordre, il enseigna Platon.
Montra ce qu'on savait, nous apprit à l'apprendre,
A ne jamais monter, à ne jamais descendre,

A respecter notre ame, à maîtriser nos sens,

A bien voir la beauté, la hauteur du bon-sens.

Pour être sage, heureux, sans que tel on nous nomme,

Il cria son secret : c'était d'être honnête homme,

Patient, ami sûr, vrai, juste, officieux,

Toujours restant au poste où nous ont mis les dieux.

Ses juges vont aux voix : il leur dit, sans colère,

« Dois-je vivre ou mourir ? Voyez, c'est votre affaire.

« Moi, j'obéis aux lois ». Puis, calme, en sûreté,

Il boit et leur ciguë et l'immortalité.

ÉPITRE

A M. ODOGHARTY DE LA TOUR.

Fin d'avril 1811.

De la Tour, il est vrai, ma muse appesantie
D'un été sans soleil s'est long-temps ressentie.
Son automne sans fruits n'eut pas de ces beaux jours,
Du peintre et du poète ordinaires amours.
L'hiver maussade et dur, triste et souillant la terre,
Même avec des frimas n'eut point de caractère.
Mais le printemps s'avance, et, réchauffant mon cœur,
De la nature encor m'annonce la vigueur.
Sous d'antiques forêts mon ame rajeunie
Voit apparaître au loin Corneille et son génie.
Mon luth se tairait-il, lorsque dans ses déserts
Du rossignol craintif j'entends les premiers airs?
Maintenant qu'il revient je serais sans excuses.

Ses chants et ses amours ont réveillé les muses.

Déja, Mai renaissant nous promet ses couleurs,

Mon petit bois sa feuille, et mon jardin ses fleurs.

A ses concerts, ami, le printemps nous invite :

Viens, ta cellule est prête et veut voir son hermite;

L'*alléluia* joyeux fait entendre son chant;

Sous son laurier pascal le jambon nous attend;

Sur mon ongle, en riant, la goutte que je pose

Dans son tremblant rubis m'offre un jus qui l'arrose.

O mon cher de la Tour, sitôt que tu paraîs,

Ton seul aspect m'apporte et le charme et la paix.

La paix! ah! par l'erreur, les livres, les systêmes,

N'allons pas, mon ami, la troubler dans nous-mêmes;

La paix! ah! sur la terre est-il un plus grand bien?

Avec elle tout plaît, sans elle tout n'est rien.

Devant sa table assis, vois-tu ce philosophe?

Son horloge a sonné, bientôt le jour s'approche.

Dans son sommeil souvent je crois qu'il fut troublé.

Oui, la main sur son front, il me semble accablé.

Il sourit, il s'attriste, il s'affermit, il doute.

Qu'a-t-il? il s'interroge. Il va parler. J'écoute.

« Quoi! sans cesse, dit-il, inquiet, tourmenté,

« Je cours donc, sans l'atteindre, après la vérité!

« Je donne à l'ombre un corps, un visage au mensonge.

« Tout ne sera, ne fut, n'est-il donc qu'un vain songe?

« Que croire? où se fixer?—Va, crois ton cœur; entends

« Ces petits d'hirondelle, affamés, et crians,

« Tout nus, sans plume encore, instruits par la nature,

« Au père universel demander la pâture. »

Enfin tout ce qui vit parmi les animaux,

Qui marche, rampe, vole, ou nage au sein des eaux,

Obéit sans murmure à des lois éternelles.

Dans ce vaste univers il n'est point de rebelles.

Seul, voudrais-tu donc l'être? Eh! dis-moi, le peux-tu?

Tu crois à l'innocence, à l'ordre, à la vertu:

Plus sage et plus heureux, crois encore au mystère.

D'un dieu qui par bonté vint éclairer la terre.

Il parla. Qu'a-t-il dit? Nous pouvons en juger.

Mais l'abîme est auprès. Comment l'interroger ?

Le prodige est par-tout. Conçois-tu les merveilles

Qu'enferment ces palais bâtis par tes abeilles ?

Comment de tes brebis croissent les nourrissons,

Verdissent tes vergers, jaunissent tes moissons ?

D'où te vient cette pluie et douce et printanière ?

Quel miracle a de fleurs émaillé ton parterre ?

Crois ces roses, ces lys, qui germent sous tes yeux,

Et ce doigt immortel qui fait tourner les cieux.

Mais, enfin, ce bonheur où nous tendons sans cesse,

De qui l'attendrons nous ? Du ciel, de sa sagesse.

Dans ses desirs sans borne, en ses projets sensés,

La passion veut tout, et la nature assez.

Que nous dit la raison ? Abstiens-toi, doute, arrête.

Mais nous chantons le port, et cherchons la tempête :

L'homme hors de lui-même est sans cesse emporté ;

Il croit, sans les excès, n'avoir point existé.

Au triste sort d'Adam depuis qu'Eve enchaînée

Vers la pomme fatale, hélas ! fut entraînée ;

Depuis que, séduisant un trop facile époux,

(Pouvoir qui doit encor long-temps régner sur nous !)

Dans son esprit charmé, crédule, elle eut fait naître

De ce fruit enchanteur l'espoir de tout connaître :

Sur la foi du serpent, ce couple ambitieux,

Rêva que tout-à-coup ils deviendraient des dieux.

L'orgueil, Adam ! l'orgueil fit ton désastre extrême.

Il est semblable à nous, dit l'Éternel lui-même !

Par la crainte à sa honte un voile fut prêté ;

Et pourtant de son ame il vit la nudité.

Dans la nature alors tout perdit l'équilibre.

Ainsi, né tempérant, roi de lui-même, et libre,

L'homme en proie aux excès n'a plus de vrais plaisirs.

La fougue et le caprice irritent ses desirs.

L'attrait des passions, l'orgueil, et sa démence,

L'enflent du faux besoin d'une vaste existence

Qui lui creuse un abîme et va l'ensevelir

Dans les langueurs d'un vide impossible à remplir.

Ces mêmes passions, abattez leur barrière,

D'horreur et de débris s'en vont couvrir la terre.

Ainsi, les fils d'Éole, en son antre enfermés,

Rugissent de fureur de s'y voir comprimés.

Veiller, régner sur soi, fuir ou vaincre le vice.

Voilà de la vertu le plus noble exercice.

Le devoir pèse, il coûte. Oui, mais est-il rempli,

L'air devient plus léger, le ciel s'est embelli ;

Le jour de l'Éternel devant moi semble éclore,

Jour qui n'a jamais vu de couchant ni d'aurore ;

Ce front pur, virginal, m'enivre de pudeur ;

Et ce beau lys naissant m'imprime la candeur.

Avec notre ame en paix notre œil aussi s'épure.

Tout, quand nous nous plaisons, nous plaît dans la nature.

Que dis-je ? des beaux-arts les sublimes beautés

Descendent plus avant dans nos cœurs enchantés.

Pergolèze, ah ! dis-moi par quels célestes charmes

Ton chant gémit, décroît, s'éteint, meurt dans mes larmes.

Raphaël, ah ! j'entends, à l'aspect des bourreaux,

Les mères, dans Rama, crier sous tes pinceaux.

Satan combat, rugit ; l'enfer s'arme, il s'embrase :

L'Archange prend sa lance, il le touche et l'écrase.

Cécile, ah! par ta lyre et ta bouche et tes yeux

Je bois et ton extase et les concerts des cieux.

Paul instruit, Platon doute, et Socrate est en peine.

Le vrai dieu n'est donc plus inconnu dans Athène?

Quel art hors de sa chair, de son humanité

A fait jaillir le Verbe? Oui, sa divinité

Devant les trois témoins qu'accable sa lumière,

Libre, au haut du Tabor, resplendit tout entière.

Michel-Ange, ô comment sur ce temple éternel,

Où saint Pierre a sa tombe, et la croix son autel,

De ton doigt jusqu'aux cieux, avec tant de puissance,

As-tu, comme en jouant, lancé ce dôme immense?

Génie, oui, la hauteur de ta conception

Nous fait frissonner d'aise et d'admiration;

Nous plaît par la peur même en des sujets terribles.

Mais nous aimons sur-tout à nous trouver sensibles :

Quand dans leurs longs replis deux énormes serpens

Tiennent enveloppés un père et ses enfans;

Quand le plus jeune lutte et presque se dégage;

Quand le plus fort expire, étouffé par leur rage ;

Quand le malheureux père, enfin, mourant trois fois,

De ces serpens gonflés qu'il presse entre ses doigts,

Vainement de son sein écarte la furie ;

Ma douleur a son charme, et ma pitié s'écrie.

Je ne vois plus alors, dans tout ce bloc souffrant,

Ni le marbre animé, ni le marbre expirant,

Je vois Laocoon, calme en ses sacrifices,

Homme, pontife, et père, au milieu des supplices.

Non, non, l'affreux pervers, l'ingrat fait à mentir,

S'il voit tant de beautés ne peut pas les sentir.

Eh ! comment du génie atteindrait-il la flamme,

Quand la vertu l'accuse, et n'est plus dans son ame ?

O vertu ! c'est par toi que, purs et consolés,

Nos jours de quelque joie en tout temps sont filés.

Le ciel qui par bonté t'attache à notre suite,

Assiste à nos efforts, les sert, les facilite.

Oui, l'honnête homme pauvre a trouvé le bonheur :

Il vit de son travail, il y met son honneur.

8.

A lui-même il s'est dit; fidèle à sa promesse,

Gagnons ce qu'il nous faut sans chercher la richesse.

Il l'a dit dans son cœur, et Dieu secrètement

Sur cet autel du pauvre a reçu son serment.

Et moi, j'ai fait aussi mon vœu (doux vœu que j'aime!)

C'est de vivre par moi, moi seul, toujours le même.

Est-il sort plus heureux? Tu sais, cher de la Tour,

Si Plutus m'a jamais aperçu dans sa cour;

A bien compter de l'or si ma main fut habile;

Une bourse en tout temps me fut presque inutile.

Ma mère avec plaisir a ri plus d'une fois,

Me voyant me reprendre et compter par mes doigts.

« Eh bien! mon pauvre enfant, as-tu trouvé ta somme?

« Il le faut avouer, Dieu te fit un bon homme. »

Je crois qu'elle eut raison, je n'en suis pas fâché.

O ma mère! ô trésor de mes bras arraché!

Chauve, au pied de ces bois, je vois d'ici ta tombe.

Je t'y suivrai bientôt. Ah! quand la feuille tombe,

C'est là que je m'en vais errer seul dans les bois.

J'y crois te voir encor, j'entends encor ta voix

Qui me disait : « Mon fils, tu ne mourras pas riche ;

« Cent francs sont moins pour toi qu'un heureux hémistiche.

« Mais va, console-toi : quand l'honneur n'est plus rien,

« Qui n'a pas fait de mal a presque fait du bien. ».

Et voilà le seul bien qu'en effet j'ai pu faire ;

C'est peu... Non. C'est beaucoup ! Quelle est la grande affaire ?

C'est d'empêcher le mal. Oui, ma mère eut raison.

C'est un crime d'agir quand on sert un fripon.

D'où vient que la vertu court, s'épuise, et s'expose ?

C'est pour guérir les maux dont le vice est la cause.

O vertu ! si le mal vient jamais à cesser,

Tu n'auras plus enfin tant de baume à verser.

Mais à son zèle, ami, donnons peu de matière :

Ne l'employons pas trop. Sans doute (et je l'espère)

L'humanité toujours aura des partisans.

Mais sans art, sans grands mots, pour être bienfaisans,

Écoutons simplement la pitié, la droiture.

Faut-il tant d'appareil quand on suit la nature ?

Oui, l'art dans le bien même et fatigue et déplaît.

Quand on est vraiment bon, c'est bonnement qu'on l'est.

Mais les cœurs les plus doux ont pourtant leur colère.

Puis-je voir sans crier, aux mœurs faisant la guerre,

Sur nos tables par-tout un luxe furieux,

En affligeant notre ame épouvanter nos yeux;

Ses banquets insulter nos repas de familles;

La fatigue des bals assassiner nos filles;

Le vice, en sa fleur même, acheter la pudeur;

L'hypocrite effronté nous parler de candeur;

Dans l'ombre, en s'irritant, se dérouler l'envie;

Se pavaner un fat en étalant sa vie;

Des hommes, l'un cruel, l'autre lâche, abattu,

Ne sachant plus enfin ce que c'est que vertu?

J'aime mieux avec elle errer seul sans reproches,

Parmi des sangliers, des genets, et des roches,

Que voir capituler l'honneur mal affermi.

L'honnête homme en un mot ne l'est pas à demi.

Tout esprit noble et droit qui veut sa propre estime,

S'il aime la vertu, n'est point l'outil du crime.

Quel pacte officieux rend donc la probité

Si commode et si douce envers l'iniquité;

Fait sitôt et si bien s'accorder deux contraires ;

L'un près de l'autre, à table, asseoir deux adversaires ;

Joint au plomb le plus vil l'or le plus épuré ?

Tant pis pour qui croirait ce discours trop outré.

Qui parle ainsi du cœur, sans que rien l'enveloppe,

N'est qu'un homme d'honneur et n'est point misanthrope.

Ma lyre, au premier jour, ami cher, vertueux,

Trompera sans pitié mes doigts présomptueux.

Voici bientôt pour nous (le temps nous dit notre âge

La dernière couchée et la fin du voyage :

Mais de quoi rougirait notre front étonné ?

Avons-nous loin de nous fait fuir l'infortuné,

Se voiler la pudeur, s'affliger la justice,

Laissé dans nos discours se glisser l'artifice ?

Le secret délicat qu'il nous fallut cacher,

A-t-on pu le surprendre, a-t-on pu l'arracher ?

Que tel ami, troublé du succès d'un ouvrage,

Ait eu peine à remettre, à calmer son visage,

Ne l'avons-nous pas plaint en voyant sous nos yeux

Grimacer, malgré lui, son visage envieux?

Jamais le sot orgueil troubla-t-il notre vie?

Si par fois la Fortune, en sa bizarre envie,

Voulut entrer chez nous, en nous disant : « Ouvrez;

« Quels sont parmi mes biens ceux que vous desirez?

« Je les tiens dans ma main, ma main vous les apporte : »

Nous avons répondu : « Vous vous trompez de porte,

« Déesse, nous dormions; cherchez un peu plus loin. »

Heureux! cent fois heureux! qui n'a pas de besoin,

Qui se dit tous les jours, avec une ame pure,

Il faut beaucoup au luxe, et peu pour la nature:

ÉPITRE

A M. SOLDINI.

———

Ami, par un saint oncle avec soin élevé,
Des plus pures vertus dès l'enfance abreuvé;
Qui, sans trop rappeler le rang et la naissance
De tes aïeux, jadis estimés dans Florence,
Toujours loin de l'excès, même en ta piété,
Des mœurs, des mœurs sur-tout gardas la dignité.
Tu cherchas, Soldini, ton bonheur sur la terre,
Dans les noms si touchans et d'époux et de père.
Mais bientôt resté seul, à la fleur de tes ans,
Tu perdis, comme moi, ta femme et tes enfans.
Sur leur cercueil assis, des plus affreux orages
Nous avons vu de loin s'assembler les nuages.
La tempête éclata : l'univers fut surpris ;
L'univers dans l'instant fut couvert de débris.

Jusqu'où n'ont pas monté l'erreur et la licence!

Trône, autel, tout trembla dans ce désordre immense.

Mais Dieu nous recueillit dans un asyle heureux

Où sa grace et sa paix nous ont unis tous deux.

Le désert nous cacha. C'est là que solitaires,

De celui qui peut tout adorant les mystères,

Nous avons dit souvent : Quand tout est agité,

Heureux sur tant de flots qui dans l'arche est resté !

Tendre amitié chrétienne, ô quelle est ta puissance!

Tu consoles nos maux, soutiens notre espérance :

Doucement vers le ciel tu mènes deux amis,

L'un par l'autre éclairés, l'un par l'autre affermis;

Soldini, tu le sais, oui telle fut la nôtre,

Qu'aucun d'eux n'eut jamais rien de caché pour l'autre,

Mes écrits, mes secrets te furent découverts;

Tu lisais dans mon ame, et tu lisais mes vers.

Le parnasse aux vertus quelquefois fut utile.

Sur l'excès, sur ce monstre en mille autres fertile,

Je voulais de mon vers décharger la fureur.

Ce monstre ainsi qu'à moi te fit toujours horreur.

Ah! si mon vers pouvait se changer en massue

Pour écraser cette hydre à mes pieds abattue!

Sois ma muse, ô colère! offre moi ses fléaux,

Et d'indignation viens armer mes pinceaux.

Faut-il quand vers les fleurs un doux penchant m'attire,

Que ce penchant sur moi prenne enfin trop d'empire!

Que le maudit excès, irritant mon desir,

Change en triste manie un innocent plaisir!

C'est du sort d'un œillet, d'un lys, ou d'un narcisse,

Que dépend désormais ma joie ou mon supplice.

Et de tant de héros, guerrier ou souverain,

Dont l'art nous a transmis les portraits sur l'airain,

Qui de rouille couverts viennent m'offrir encore,

Ou Titus qui me charme, ou Néron que j'abhorre.

M'en manque-t-il un seul, me voilà malheureux.

Sous un ciel embrasé, dans son berceau pompeux,

Sortant du sein des mers ai-je vu l'œil du monde

Couvrir de mille fleurs l'univers qu'il féconde,

Rougir de ses rayons l'Olympe au loin doré ?

Me voilà furieux, souffrant, désespéré,

Si par un autre excès, prenant soudain ma course

Vers l'effroyable nord, vers les antres de l'Ourse,

Je n'ai vu mille hivers l'un sur l'autre entassés,

Des glaçons jusqu'au ciel en montagne exhaussés ;

Et là, transi d'horreur et mourant de froidure,

Sur son lit ténébreux expirer la Nature.

Ainsi de mille excès s'éveille en moi l'essaim ;

C'est un guêpier fougueux qui s'irrite en mon sein.

J'invoque ma raison : mais en vain je résiste ;

Me voilà voyageur, antiquaire, fleuriste.

Et que serait-ce donc si par de doux progrès

Les passions, ouvrant l'entrée à leurs excès,

Je devenais injuste, ambitieux, avare,

Envieux, imposteur, voluptueux, barbare ?

Chacun se tient chez soi : dans son creux le hibou,

L'aigle sur son rocher, la fourmi dans son trou :

L'ordre est dans l'univers, rien ne le contrarie ;

Zéphir suit le ruisseau, le ruisseau la prairie.

Cet ordre si puissant ne peut-il rien sur nous ?

Mais, dis-moi, cœur injuste, esprit bas et jaloux,

As-tu vu, par envie, un coursier qui se cache,

Si quelqu'autre coursier porte un plus beau panache ?

Et toi, vil orgueilleux, tu rampes sans pudeur

Pour fouler tes égaux de ta fausse grandeur.

En nous mêmes, tout bas, nous nous disons sans cesse,

Combien as-tu d'argent, de crédit, de noblesse ?

C'est toujours loin de nous par un vice entraînés,

D'un défaut de raison que nos malheurs sont nés.

O qu'un hymen heureux, un travail nécessaire,

Eût à ces faux besoins fait une utile guerre !

L'un ou l'autre eût éteint ces desirs monstrueux,

Qui ne naissent jamais sous un toit vertueux :

C'est sur eux seuls que l'ordre a bâti l'édifice

D'un bonheur simple et vrai, tourment secret du vice.

La honte lui convient, l'ennui, l'air abattu.

On trouve, en l'essayant, du goût pour la vertu.

Voyez-vous ce mortel obéissant et libre,

Qui dans tout ce qu'il fait garde un juste équilibre,
Qui met tout à sa place, et, grand par sa raison,
Honore le nom d'homme et mérite ce nom ?
Sent-il l'excès, il tremble. Il goûte avec mesure
Tous les biens que le ciel a mis dans la nature.
Mais il sait boire aussi dans la coupe des pleurs ;
Il porte avec respect sa joie ou ses douleurs.
Il va, le terme arrive, et c'est là qu'il espère
L'immense et long bonheur qui n'est point sur la terre.

Mais dans des prés fleuris, sous le ciel le plus clair,
Avec un réseau d'or soudain jeté dans l'air,
Vois-tu la jeune Églé qu'entourent ses égales,
Ses sœurs pour la beauté, mais non pas ses rivales,
Courant de l'un à l'autre, admirant leurs couleurs,
Suivre ces papillons, ces voltigeantes fleurs ?
Vois-tu ses bras, son port, sa grace enchanteresse ?
Vois-tu ces étourdis légers d'aise et d'ivresse,
Tous amans de la rose et rivaux du zéphir,
Dans ce piége flottant se prendre avec plaisir ?

Oui, mais je les ai vus, sous des pointes cruelles,

Églé, mourir long-temps en agitant leurs ailes.

Sur ce chapeau galant, qui l'eût dit entre nous,

Que vous les perceriez avec un air si doux ?

Vos massacres du jour qui font soupirer Flore

Demain à vous toucher auront moins droit encore;

Votre cœur, par degrés, aura su s'affermir,

Et pour d'autres trépas aura moins à gémir.

— Bon! ne voilà-t-il pas les plus énormes crimes ?

Nous faudra-t-il long-temps pleurer sur ces victimes ?

Mais raisonnons un peu. Pourquoi tant s'enflammer ?

Est-ce contre des riens qu'il faut se gendarmer ?

— Des riens! des riens, lecteur! et moi je vous rappelle

Le jeune enfant d'Athène et le nid d'hirondelle;

L'aréopage eut droit de punir cet enfant.

L'humanité se perd, la cruauté s'apprend.

Votre Églé me déplaît : votre Églé se prépare,

Par degrés, sans le croire, à devenir barbare.

Quelque chose qu'on fasse, il faut le répéter,

Aisément vers l'excès on se laisse emporter.

9.

Telle insensiblement une vis tortueuse

Se glisse au sein d'un chêne, active et ténébreuse

Y descend, y pénètre; et ce serpent caché,

L'embrassant d'un long pli, n'en peut être arraché.

L'excès trompe souvent sous un masque paisible;

Ainsi sur des cieux purs, un point presqu'invisible,

Nous cache la tempête, il luit : j'entends soudain

Les pâles matelots crier : Voilà le grain!

Et de ce grain déja s'est échappé la foudre,

Et la grêle et l'éclair, et les mâts mis en poudre;

Et les mers dans la rage, et les pics embrasés

Versant un jour affreux sur des vaisseaux brisés.

L'excès couve en silence : oui, mais vient-il d'éclore,

C'est le serpent qui siffle, ou le feu qui dévore.

Dans ce seul mot *excès* tout mal est réuni;

C'est l'excès aux enfers que le Dante a puni.

L'excès, dans tous les temps, fit un tigre de l'homme.

A trois tyrans ligués il abandonna Rome.

Il acheta le lâche, il arma le pervers;

De crimes, de terreurs, inonda l'univers;

Par lui dans Rome en sang, trois fureurs unanimes,

Pour s'obliger, à table échangeaient leurs victimes.

Le masque et le poignard faisaient par-tout frémir;

La rage, en égorgeant, savait encor gémir.

Près de ce temple antique où la jeune vestale,

Cachant sous un lin pur sa beauté virginale,

Nourrit du feu sacré l'éclat mystérieux,

Je vois de marbre et d'or un palais spacieux;

C'est là que Messaline, aux halles dévouée,

Ayant gagné sa nuit dans sa loge louée,

Rentre et rapporte au jour, de sa lubrique ardeur,

Dans le lit des Césars, la fatigue et l'odeur.

Je vois parmi les ris des cruautés profondes,

L'heureux Sylla du Tibre ensanglanter les ondes;

Cent beautés de Néron disputer les desirs;

Troie encore une fois brûler pour ses plaisirs;

Un peuple adorateur d'un vil amphithéâtre,

De sang, de nudité, d'esclavage idolâtre;

Tibère, dans Caprée, y couve, ardent tison,

Des obcènes fureurs, des voluptés sans nom,

Y traîne, monstre usé, vaincu de lassitude,
L'ennui de ses Romains et de leur servitude.

Ai-je assez peint d'horreurs! Excès, funeste excès!
Aurais-tu jusqu'au ciel fait monter nos forfaits?
Aurais-tu de tout mal dépassé la mesure,
Et sur ses gonds brisés abattu la nature?
Tu détruis, changes tout, dans ton délire affreux :
Oui, tu rendrais Titus féroce et malheureux!
Les larmes de ce globe, hélas! sont ton ouvrage.

O que j'aime un mortel et tempérant et sage,
Qui dans sa propre estime a su se maintenir,
Qui fait tout pour l'avoir et rien pour l'obtenir;
Qui, par ambition, de la langue commune,
Exprès pour s'enrichir, raya le mot *fortune*;
Sur le temps, sur le sort, a d'abord mis la main,
Heureux dès aujourd'hui sans attendre à demain;
S'échappe entre l'espoir et la crainte et l'envie,
Et rit de la tempête en côtoyant la vie.

Est-ce un si grand malheur, si, léger papillon,
Il n'a pas fait crier : Charmant ! dans un salon ?

Mais voit-il le printemps enchanter nos bocages,
De nids et de concerts animer leurs feuillages ;
Voit-il verdir nos prés, nos pommiers blancs de fleurs,
Nos épis se gonfler, nos ceps se fondre en pleurs ;
Sent-il par-tout la sève en doux torrens versée ;
Poète, il met en vers son ame et sa pensée.
O d'aise et d'abandon momens délicieux !
Le voilà dans les champs, sur les eaux, près des cieux ;
Il monte et descend l'air, s'y balance avec grace ;
Il prend son La Fontaine, il rouvre son Horace,
Horace, humble, élevé, charmant, relu toujours ;
Ce sage, en négligé, qui chanta les amours,
Le vin, les fleurs, la table ; et, dans un doux sourire,
Eut toujours, pour la mort, une corde à sa lyre.
« A peu de frais, dit-il, amis, vivons contens ;
« Il faut si peu pour l'homme, et pour si peu de temps.
« Regardez ce cyprès ; pourquoi, sur le rivage,

« Tant de vivres, d'apprêts, pour deux jours de voyage?»

Mais le plus violent, le premier de nos vœux,

Ce n'est pas le bonheur, c'est de paraître heureux :

La sotte vanité, voilà notre misère !

Nous voulons tous briller dans notre fourmilière.

D'astres environné, l'astre éclatant du jour,

Se montre dans sa gloire au milieu de sa cour :

Il se lève, il se couche, à sa marche fidèle,

Et tout a resplendi de sa pompe immortelle :

Et l'homme, un ver rampant, malheureux et pervers,

Pour suite et pour témoins voudrait mille univers.

Libre et loin du tumulte, ah! que mon sage hermite

Est heureux des fripons et des sots qu'il évite !

Si couru des mortels, le bonheur précieux,

Il l'a mis dans son cœur, et non pas dans leurs yeux.

Il est homme : il les plaint, les juge, et les soulage,

C'est pour eux qu'il s'est joint au curé du village.

Le froid, le collecteur, viendra sans effrayer.

Le fisc est satisfait, plus de dette à payer;

D'abord le besoin fuit, l'aisance vient ensuite ;

A faire encor du bien, le bien qu'on fait excite.

La honte, il la devine ; un soupir, il l'entend :

Quel bien immense il fait avec si peu d'argent !

Vous, opulens blasés, que tourmente un cœur vide,

C'est pour vous qu'à grands frais la vie est insipide.

Qui sait ? quelque bonne œuvre, (on pourrait l'essayer)

Réussirait peut-être à vous désennuyer.

On soupire en bâillant ; les vapeurs ont des larmes :

Mais pour votre langueur le bien même est sans charmes.

L'adresse en vous flattant vous endort sur des fleurs :

Pour lui, s'il est loué, ce n'est que par des pleurs.

Par-tout il voit briller la santé, l'espérance,

Là, le vin du vieillard ; là, du lait pour l'enfance.

« Va, dit-il, va, Fortune, habiter les palais,

« Moi, j'aime à me cacher sous la chaumière en paix. »

Aussi la charité, sans bruit, mais à mesure,

De ses bienfaits, comptant, le paie avec usure :

Aussi viens-tu, sommeil, aux heures du repos,

Mollement sur ses yeux balancer tes pavots.

Rien n'a blessé son cœur, rien n'a troublé sa tête ;

Il voit finir le jour, mais comme un jour de fête ;

Et des bontés d'un Dieu de tout temps convaincu,

Ne rentre dans son sein qu'après avoir vécu.

ÉPITRE

A FLORIAN.

Florian, ombre aimable et chère,

A qui, maîtresse en l'art de plaire,

Ta muse apprit tous les secrets,

Tous les tons d'une verve aisée :

Ami, sous tes ombrages frais,

Dans le sein de la douce paix,

Au milieu de ton Élysée,

Entends mes vers et mes regrets.

Avec toi, quand la sourde Parque

Dans leur fleur trancha tes beaux ans,

Que de graces et de talens

Caron emporta dans sa barque !

Tant de vers heureux et bien faits,

Tant de jours t'attendaient encore ;

Sans compter les charmans projets

Qu'avec ivresse, à peu de frais,

Nos deux cœurs avaient fait éclore.

D'Abufar, en couchant chez toi,

J'avais la tente, à Seaux-du-Maine :

Je t'eusse, ami, logé chez moi

Dans la chambre de La Fontaine.

Tous les ans, ô touchant plaisir !

En cour plénière assez bruyante,

Autour d'une table vivante,

Aux champs, dans les mois du Zéphir,

Parmi les ris et des bergères,

Le front libre, au doux choc des verres,

Nous devions fêter à loisir,

Tous en chœur, à voix éclatante,

Quand l'herbe rit, quand l'oiseau chante,

Quand la nature est en desir,

Moi, mon Guillaume Sakespir,

Et toi, ton cher Michel Cervante :

Nous aurions de lauriers, de fleurs,

Paré leur poétique tête ;

Bons vers, bons mots, et vous bons cœurs,

(J'y comprends aussi les auteurs)

Vous auriez été de la fête.

Le ciel n'écouta pas nos vœux ;

Mais Pluton, dans des bois heureux,

T'aura mis au bosquet des roses,

Avec ton maître Fénélon,

Gentil Bernard ou l'art de plaire,

Gresset, et ton oncle Voltaire,

Le doux Tibulle, Anacréon,

Sapho, fuyant encor Phaon,

L'Ovide des métamorphoses,

Et l'ombre auguste de Platon,

Et Cervante avec qui tu causes.

Ah ! voyant Thomas, dis-lui bien,

(Il te croira) que jamais rien

Ne l'ôtera de ma mémoire,

Jusqu'à l'heure où le vieux Nocher,

Pour vous voir, pour nous rapprocher,

M'aura fait passer l'onde noire.

Dis-lui (mais tout bas pour ma gloire),

Dis-lui que j'ai beau m'efforcer,

Chez-moi de l'amoureux empire,

D'un bel œil, ou d'un doux sourire,

L'attrait ne saurait s'effacer,

Quoi que la raison puisse dire.

Près de moi, de la jeune Elphire,

Que la robe vienne à passer,

Son frou frou fait encor glisser

Quelques tendres sons sur ma lyre

Qu'un rien charme, un rien peut blesser.

Mais nos vignes en alégresse

Vont faire, par leur jus charmant,

De nos coteaux incessamment

Couler du lait pour la vieillesse.

Dis-lui que bientôt, fraîchement,

(En route que Dieu l'accompagne,)

Je vais dans mon joli caveau

Mettre en place un petit quartaut,

Non de Marly, mais de Champagne;

D'un Muscat, d'un Arbois coulant,

D'un Roussillon encor brûlant,

Et d'un vieux nectar excellent

Qu'a mûri le soleil d'Espagne :

Dis qu'à les fêter diligens

Nous les boirons aux bonnes gens.

A Galatée, à Marc-Aurèle,

Aux tendres mères, aux enfans,

Aux vieillards, à l'amour fidèle,

Sur-tout à l'amitié si belle,

Le plus doux de nos sentimens,

A ces tosts sacrés et charmans

Nous chanterons tous son antienne.

Thomas, et toi que je relis,

Vous consolez souvent ma peine;

Les lieux où seul je me promène

Sont par vous souvent embellis.

Florian, ta Flore est la mienne.
Ma muse, enfant comme la tienne,
Court vers les roses, vers les lys.
Cependant d'une horreur soudaine
Parfois je tremble et je pâlis,
Je me souviens de Melpomène,
J'erre encor criant sur la scène.
Mais, ô mes bons, mes chers amis,
De ce trouble bientôt remis,
Je retombe dans mon enfance,
D'un rien, d'un papillon épris,
Papillon moi-même ; et surpris
Dans ce doux transport d'innocence,
Semblable à ces charmans esprits,
Follets, actifs et favoris,
Qui soignent les jardins chéris
De leur belle et jeune maîtresse;
Je vais, viens, me repose, agis,
L'œil sur le clos, sur le logis,
Heureux, léger, jouant sans cesse.

Volage abeille du Permesse,

D'air et de fleurs je me nourris ;

J'échappe à ma tragique ivresse,

Et vas retrouver la sagesse

Dans votre ame et dans vos écrits.

ÉPITRE

A RICHARD,

PENDANT MA CONVALESCENCE.

———

Richard, il faut que l'on se quitte :
C'est la loi du sort, tout finit.
Mon horizon se rembrunit,
Et mon déclin se précipite ;
La tombe attend mon dernier pas.
J'entendrai bientôt, mais sans plainte,
Le mobile airain qui nous tinte
La crise et l'instant du trépas.
Cette fièvre où je fus en butte,
A coup de bélier, sourdement,
Sapa dans l'ombre un bâtiment
Aujourd'hui penché vers sa chûte.
Je crus, dans ses sombres vapeurs,

Voir au sein d'un abîme immense,

Roulant nos maux et nos erreurs,

Trois torrens se perdre en silence.

Le Passé, temps chargé d'ennuis,

A peine né s'y précipite;

Le Présent en presse la fuite;

L'Avenir se jette sur lui.

Dans quelle morne rêverie,

Dans quelle sombre illusion,

Ma vague imagination

Entraîna mon ame flétrie!

Sous combien d'aspects odieux,

Mille effrayantes impostures,

Mille étranges caricatures

Se croisaient sans cesse à mes yeux!

Ami, sage amant du silence,

Nos cœurs dès long-temps n'en font qu'un;

Et nous avons mis en commun

Les trésors de notre indigence.

Te rappelles-tu ce bon temps,

Lorsqu'à pied, sans suite, et contens,
Nous allions dîner tous les ans
Sur un monastère en ruines,
Sur de vieux débris dispersés,
Où Port-Royal, cent ans passés,
Pleurait encor sous les épines
Ses murs détruits et renversés;
Aujourd'hui sous des terres nues,
Ou quelques moissons inconnues,
A l'œil du passant éclipsés.

Là, nous devions, en vrais hermites,
Manger bientôt avec grand'faim
D'un oiseau gourmand, très peu fin,
Que l'on doit pourtant aux Jésuites.
D'avance nous le dévorions.
Tous deux en paix nous cheminions,
Quand vers nous s'avance une troupe
Habillée en or, et portant
Des rois le costume éclatant

Sur leur cou, leur gueule, et leur croupe.

En avant marchait un bâton

Qui portait cette inscription

En lettres larges, magnifiques :

LE THÉATRE DES CHIENS TRAGIQUES.

Leur maître me voit. « Quoi ! c'est vous !

« Vous, monsieur Ducis ! qu'il m'est doux,

« En plein air, dans ce lieu sauvage,

« De vous rendre un public hommage !

« Avec ces messieurs, nous allons

« Dans un château des environs

« Représenter Iphigénie.

« Notre princesse est fort jolie.

« Voulez-vous bien, je vous en prie,

« En voir la répétition ?

« La route est le lieu de la scène.

« Allons, messieurs de Melpomène,

« Il faut ici vous signaler. »

Je vois déja se rassembler,

Avec leur figure joyeuse,

Leurs chansons, leurs reins excellens,

Leurs longs fouets, leurs grands chapeaux blancs,

Tous les muletiers de Chevreuse.

J'aperçois d'autres spectateurs,

Les très respectables pasteurs

Et de Chevreuse et de Dampière.

Leur front pur n'est point trop sévère.

Ils assistaient innocemment

A la tragédie en plein vent,

Même avec un peu de poussière.

Mais sur ses pattes se dressant,

O qu'Achille est beau sous son casque!

Et sous sa coiffe ou bien son masque

Qu'Iphigénie a l'air charmant!

Agamemnon, fier, imposant,

D'Achille n'est pas trop content:

Entre eux survient une bourrasque.

Mais quel rapide mouvement

Tout-à-coup entraîne l'orchestre ?

La basse ronfle en gémissant,

Le cri du fifre est plus perçant,

Le haut-bois est plus déchirant.

Qu'entends-je! ô ciel! c'est Clytemnestre,

L'œil en feu, l'œil étincelant,

Bravant les Grecs, bravant Ulysse :

« Père barbare, oui, c'est mon sang !

« Va, tu n'es qu'orgueil, injustice.

« Viens donc m'arracher mon enfant,

« Le fruit, ce cher fruit de mon flanc. »

Et cette mère en ce moment,

Sur ses quatre pattes tombant,

Se soulage en levant la cuisse.

Nos Duménils et nos Lekains,

Dans les jours de notre jeunesse,

Sur notre scène enchanteresse,

Prédominaient en souverains.

Nous respirions et leur ivresse,

Et leur fureur, et leur tendresse,

Criant bravo, battant des mains.

Richard! un amour idolâtre

T'entraîne encor vers le théâtre;

Guêtré, le bâton à la main,

De nos acteurs de grand chemin

En tremblant je te vois trop proche;

Et réservé pour notre faim

Ce dindon piqué d'un lard fin

S'échappe, hélas! de ta saccoche,

Rien donc, rien n'a pu l'empêcher!

Quelle est, Richard, notre infortune!

Déja, pour se l'entre-arracher,

Toutes les gueules n'en font qu'une.

C'est une curée, un débat.

On s'acharne, on mord, on se bat:

C'est et Clytemnestre et sa fille,

De Pélops l'antique famille,

Ulysse, Achille, Agamemnon;

C'est de dents la discorde armée;

C'est la Grèce entière affamée

Qui se jette sur Ilion;

Et tout ce que fit dans sa haine

Sur Troie et l'Aulide et Mycène,

On le fait sur notre dindon.

Mais sur la troupe combattante,

Et déchirée et déchirante,

Un fouet claque et s'élève en l'air;

C'est le sceptre de Jupiter.

Toute gueule alors lâche prise,

Et la Grèce est calme et soumise.

Mais Achille menace encor.

Il frémit dans son harnois d'or.

De s'ajuster chacun s'occupe.

La princesse a repris sa jupe.

Eh bien! me dit le directeur,

Êtes-vous content? — A merveille!

La pièce est, ma foi, sans pareille.

— Oh! pour votre OEdipe, j'aurai,

Avec sa barbe vénérable,

Un barbet, Nestor admirable,

Qu'à plaisir je costumerai.

Oui, parbleu ! je le trouverai ;

Mais pour veiller sur sa personne,

Je lui ménage une Antigone

Qui la patte lui donnera.

Leur seul aspect attendrira.

Sur la route on se rangera.

Puis, voyant la fille, on crîra :

Regardez, messieurs, la voilà !

Quel spectacle pour la morale !

C'est la piété filiale.

Tout Paris en raffolera.

Mais ce Dindon, je me reproche

Qu'il soit mangé, j'en suis confus.

— Que voulez-vous ? N'en parlons plus.

— C'est qu'il faut, exact là-dessus,

Bien coudre et fermer sa saccoche.

Ces messieurs n'en ont laissé rien.

Ils font grand cas de la volaille ;

Et vous avez vu la bataille.

Tous les grands talens mangent bien.

— Mais dans vous, que j'aime et j'admire,

Ce zèle ardent que vous inspire

Racine, et cet art enchanteur

D'un poète et d'un grand acteur !

Mal advienne à qui veut vous nuire !

Gloire soit à vos écriteaux !

Prospérez dans tous les châteaux.

Qu'à la ville et qu'à la campagne

Melpomène vous accompagne !

— Au revoir ! mon tragique auteur.

— Au revoir ! mon cher directeur.

Et vous, divine Iphigénie,

Et vous, Achille, Agamemnon,

Soutenez bien votre grand nom.

Portez par-tout la tragédie,

Aux champs, à la cour applaudie.

Qu'en route il vous tombe un dindon.

Adieu, charmante Iphigénie !

11.

Adieu, superbe Agamemnon !

Et l'écho cent fois nous répond ,

De loin dans un désert profond ,

Adieu, charmante Iphigénie !

Adieu, superbe Agamemnon !

Memnon , memnon , memnon , memnon.

Mais le vallon se décolore ;

Et les ombres de tous côtés ,

De ses sommets infréquentés ,

Tombant, croissant, croissant encore ,

Nous disent : Il est temps ; partez.

Nous voilà regagnant le gîte.

Nous parlons peu, nous marchons vîte.

Les bois, les champs sont attristés.

Nous sentons l'air froid de l'automne.

La feuille autour de nous frissonne.

L'appétit sur-tout nous talonne.

Le jour s'éteint, le bruit se perd ,

Tout est sourd, lugubre, et désert ,

Tout est mort, et l'*angelus* sonne.

Le cœur, à ce son plus joyeux,

La nuit déja couvrant les cieux,

A travers les bois, les broussailles,

Pays assez peuplé de loups,

Nous courons plus vîte à Versailles

Pour souper et dormir chez nous.

Toi, Richard, mon ami, mon frère,

Déja je te vois embrassant

Tes cousines, trio charmant;

Et puis, secouant ta poussière,

Ta bonne tante qui t'attend.

Et moi, de voler chez ma mère,

Le sein de plaisir palpitant,

Avec quelque peur cependant.

« Ah! mon fils, la nuit est bien noire :

« Il est tard : n'as-tu pas dû croire

« Que je pourrais m'inquiéter ?

« — Pardon. Mais, pour nous arrêter,

« Il nous est survenu l'histoire

« Qu'en soupant je vais vous conter.

« — Une histoire ! — Oui, de tragédie.

« Sur la route, avec des curés,

« Et des mulets très bien ferrés,

« Je sors de voir Iphigénie.

« — Quel conte ! es-tu fou ? — Mon dieu, non.

« Je quitte Ulysse, Agamemnon.

« Ces messieurs aiment la volaille.

« Si vous aviez vu la bataille !

« — Pour le coup, je n'y comprends rien.

« Ce n'est qu'une courte démence.

« Ton cerveau, j'en ai l'espérance,

« Ne sera pas toujours timbré.

« Mais, enfin, te voilà rentré.

« As-tu faim ? — Grand'faim. — Allons, vîte,

« Fanchon, ta carpe est-elle frite ?

« Sers à mon fils ton bon civet.

Près de moi ma mère se met,

Auprès d'elle est sa favorite

Qui l'aime, et jamais ne la quitte,

Rosette, enfin. Fanchon nous sert.

Les yeux sont gais, le feu pétille.

Le civet vient, le bon vin brille.

Puis, voilà le joli dessert,

Le raisin, le rocfort, la poire,

Noyau, fleur d'orange. Et l'histoire?

Ma mère écoute. Et mon caquet

Fait les délices du banquet.

Les chiens tragiques la font rire.

Et, tout bas, je l'entendais dire :

« Ah ! Rosette, avec sa terreur,

« Et quelquefois même l'horreur

« De sa noire et tragique muse,

« Par sa franche et vive douceur,

« Par le rire et l'esprit du cœur,

« Que mon fils m'étonne ou m'amuse !

« Tu le sais : c'est mon pauvre enfant

« Qui tant m'aime, et que j'aime tant ».

Mais l'horloge au lit nous appelle.

Sur sa dame, en garde fidèle,

Rosette aura soin de veiller.

Las et content, près d'une mère

Vertueuse, aimable, et si chère,

Ah ! quel bonheur de sommeiller !

Pendant la commune prière,

Les fleurs qui versent le repos,

Sur mes yeux nageans, demi-clos,

Retenaient déja ma paupière.

Cependant Morphée, en chemin,

Sur sa route avait de sa main

Touché le lit sourd, pacifique,

Où ma mère, à son aise, à fond,

Comme après l'exorde, au sermon,

Goûtait un sommeil angélique.

Mais j'entends le ciel en courroux,

L'air s'émeut, l'orage s'apprête.

La foudre s'approche de nous.

Brillez, éclairs ! vents, battez-vous !

Tombez, torrens ! mugis, tempête !

Moi, je sens pleuvoir sur ma tête

L'esprit des pavots les plus doux.

ÉPITRE

A GÉRARD.

Août 1805.

Héritier du Corrège, heureux dépositaire
    De sa grace et de son pinceau,
    Sur qui Vénus dans ton berceau
    Souffla trois fois le don de plaire ;
Comblé de ses faveurs, devais-tu donc un jour,
Quand son fils lui préfère une amante mortelle
    En nous montrant Psyché si belle,
Du crime d'être ingrat justifier l'Amour ?
Assise auprès du Dieu qui l'admire et l'adore,
Muette, elle s'étonne, et se cherche, et s'ignore.
O ciel ! que de candeur, de grace, de beauté,
Dans les contours si purs, dans la timidité,
De ce vivant albâtre, où l'amour doit éclore !
Psyché, que de ce Dieu la bouche qui t'implore
Puisse, en pressant ton sein, doucement l'animer !

Ne soupçonnes-tu pas l'heureux besoin d'aimer ?

Pourquoi priver ton cœur d'une flamme si pure ?

      Les lois qu'il donne à la nature,

      C'est toi qui vas les lui donner.

Pour le fils de Vénus il n'est point de cruelles ;

      Mais, Psyché, ne crains point ses ailes,

      Ta pudeur vient de l'enchaîner.

Oui : c'est cet amour pur, innocent et timide,

      Ennemi de tout art perfide,

Que ton pinceau, Gérard, m'offre avec la beauté,

      Avec sa chaste nudité.

Ah ! qu'est-il devenu ? malheureux que nous sommes :

Les immortels l'ont fait pour le bonheur des hommes:

Ingrats, jusqu'à l'amour, nous avons tout gâté.

Ton pinceau me le dit : heureux qui, dès l'enfance,

N'a jamais séparé l'amour de l'innocence ;

Qui, tendre et recueilli, le porte dans son cœur ;

      Sans rien perdre de sa langueur,

Rien de ses longs desirs, rien de sa douce flamme,

      Qui le couve au fond de son ame

Comme un avare son trésor !

Ton pinceau me le dit : aux vains attraits de l'or,

Et du luxe, et du monde, à tout autre avantage,

Renoncez sans regret, ô vous qu'amour engage ;

  Taisez vos nuits, chantez vos jours.

Ne faites rien qu'aimer ; amans, aimez toujours,

  Pour aimer encor davantage.

Mais quel effroi succède à mes heureux transports !

L'astre du jour s'abaisse, il meurt, la nuit s'avance,

Sur des champs attristés s'étend un crêpe immense,

Sur des étangs profonds règne un affreux silence.

Malheur à qui dans l'ombre approchera les bords

De ces dormantes eaux de l'empire des morts !

Où va donc ce vieillard, à l'air noble et sévère,

  Pauvre, aveugle, errant sur la terre ?

Dans le fond de son cœur profondément blessé,

Courageux et souffrant, il porte, comme un père,

Des replis d'un serpent un jeune homme enlacé,

Mourant sur son épaule, et sur son cou pressé,

Palpitant sous les coups de sa dent meurtrière.

Hélas ! c'était son guide. Où pourra-t-il couvrir

  De pleurs et d'un peu de poussière

  Ce tendre ami de sa misère,

Qui mendiait, pieds nus, du pain pour le nourrir,

  Qui sur son sein vient de mourir,

  Et devait fermer sa paupière ?

Que son front est auguste ! il me paraît sacré.

Oui : ce front dans les camps fut jadis honoré.

Les lauriers sont absens, la gloire y siége encore.

  Qui peut-il être ? je l'ignore :

L'olympe s'est ouvert. Son nom descend des cieux,

En traits de flamme écrit. J'y vois, j'y vois les Dieux,

En conseil assemblés, contempler Bélisaire.

La nuit recouvre au loin l'horizon solitaire ;

Vieillard, attends encore : un jour plus radieux

  Te paîra la douce lumière

  Qu'au gré des tyrans de la terre

Un fer rouge et barbare éteignit dans tes yeux.

Les immortels, crois-moi, défendront ta mémoire.

  De son burin religieux,

De son flambeau terrible ils ont armé l'histoire.

L'envie accusatrice en vain t'a combattu.

    Ils t'ont donné plus que la gloire :

Dans les champs de l'honneur tu leur dois la victoire ;

Dans les champs du malheur tu leur dois la vertu.

O Gérard ! c'est ainsi que ton pinceau sublime

La venge avec éclat des triomphes du crime.

Tel est des grands tableaux le magique pouvoir.

Ils savent effrayer, plaire, instruire, émouvoir.

Là, sous l'œil éperdu de l'Envie expirante,

Le Temps, prenant son vol, au sein des airs présente,

Belle de sa victoire et de sa liberté,

Au ciel, qui la reprend, l'auguste Vérité.

En un cercle dansant, à ce cercle asservie,

Là, s'offre, en quatre états, l'histoire de la vie.

L'industrieux Travail, par le besoin pressé,

Est sobre, patient, actif, intéressé,

Se lève avant le jour, gourmande la paresse,

Ménage, entasse, acquiert, et produit la Richesse ;

La Richesse orgueilleuse, ardente en ses desirs,

Prétend au superflu, cherche et veut des plaisirs ;

S'empresse de briller, déja presque insolente ;

Et rit, en s'oubliant, au Luxe qu'elle enfante :

Le Luxe corrupteur, de mollesse abattu,

Court d'excès en excès, foule aux pieds la vertu,

Irrite de ses sens la fougueuse impuissance,

Et par l'or qu'il prodigue amène l'Indigence :

L'Indigence honteuse erre et fuit en tous lieux,

Mange son pain dans l'ombre, et se dérobe aux yeux ;

Rapproche ses lambeaux où l'orgueil vit encore,

Et tend sa main tremblante au Travail qu'elle implore :

Le Travail secourable aime encore à l'aider ;

A la fille du Luxe il aime à succéder.

Dans un cercle éternel ainsi le temps ramène

Le prix, le châtiment, le plaisir, et la peine.

Poussin, voilà comment ton pinceau nous instruit.

Observateur profond, tu cultivais sans bruit

Le charme et la vertu de ta palette austère,

Qui révélait par-tout ton noble caractère.

Simple et content de peu, mais riche en liberté,

Ton crayon solitaire, aux grands objets porté,

De Dieu dans la nature étudiant l'ouvrage,

Dans l'homme avec respect dessinait son image.

Que j'aime à voir sur-tout ces augustes déserts !

Sur ces débris du temps que la mousse a couverts

Est assis un vieillard, l'amour de sa famille ;

Il brave en paix le sort, appuyé sur sa fille.

Sa fille dans sa main tient la main d'un époux,

Et lui montre son fils qui rit sur ses genoux.

Ce fils, gage naissant de leur chaste tendresse,

Déja promet de loin son bras à leur vieillesse.

Je sens tous mes esprits soudain se recueillir,

D'un long enchantement mon ame se remplir.

Ami, voilà les droits et l'impression sûre

De tout sujet tiré du sein de la nature.

J'ai d'avance à ton choix reconnu ton pinceau.

Mes goûts et ma mémoire, errant sur ce tableau,

M'environnent déja d'images fortunées.

Oui, mon cœur s'en souvient, dans mes jeunes années,

J'errais, seul et pensif, sur ces sommets neigeux,

Témoins des simples mœurs du Germain courageux;

Où, dans les mouvemens de sa chaîne infinie,

Serpente dans les airs la forêt d'Hercynie.

Là, d'un peuple pasteur coulent les jours heureux.

On n'y dispute rien; tout est commun entre eux.

Le ciel voit leurs travaux d'un regard de tendresse;

En doux torrens de lait s'épanche leur richesse.

Là, sous de longs abris, par l'hiver assiégés,

Habitent leurs troupeaux, sur deux lignes rangés.

La mère y file auprès de sa fille qui chante,

Et ramène avec grace une aiguille innocente.

L'homme y lègue en mourant sa riche pauvreté

A son fils qui la lègue à sa postérité.

Ils n'ont jamais connu la gloire, ni l'envie;

Sans l'attendre sans cesse, ils ont goûté la vie.

Des saints devoirs du culte une cloche avertit.

La prière du soir en écho retentit.

Mais quel est cet enclos qu'un jeûne enfant me nomme ?

C'est le jardin des morts, dernier abri de l'homme.

Là, soupire à genoux la pieuse douleur.

Chaque tombe a sa croix, chaque croix a sa fleur.

Ce rustique Nestor, que sa force accompagne,

Descend-il quelquefois du haut de sa montagne ;

La plaine le révère, et retrouve en ses yeux

La dignité de l'homme, et le calme des cieux.

Ami, c'est ce tableau qui rend à ma vieillesse

Ce doux temple des mœurs, qui frappa ma jeunesse ;

Cet âge d'or si pur et frais sous tes pinceaux,

Comme un lys répété par le cristal des eaux.

Tu me rends ces pasteurs, tous, sous leur toit champêtre,

Vertueux et contens, sans y songer peut-être.

Le mal, connu par-tout, là, n'est point soupçonné.

O ! que je porte envie au mortel fortuné,

Qui, craignant le tumulte et dédaignant la terre,

Et l'audace et la ruse à son cœur étrangère,

Vit, transfuge innocent, chez ces pasteurs heureux !

A leur table frugale il s'assied avec eux,

Pose un large sapin sur leurs foyers antiques,

N'entend plus les longs cris des discordes publiques;

Il n'échangerait pas son gîte et ses pipeaux

Contre l'or des lambris, un sceptre, ou des faisceaux.

Il voit, rival de l'aigle, au-dessus des nuages,

L'olympe sur sa tête, à ses pieds les orages;

Et libre, s'élançant vers la Divinité,

Dans son sein éternel saisit la vérité.

C'est là, Gérard, c'est là que ton pinceau s'allume;

Que, plein du feu sacré dont l'ardeur te consume,

Tu trouvas ce vieillard et ces époux charmés,

Cet enfant qui sourit sur des genoux aimés.

Ces deux temps de la vie excitant leurs tendresses,

Ces époux, à la fois, l'appui des deux faiblesses;

Ces soins dont une mère entoure nos berceaux,

Ces soins dont une fille entoure nos tombeaux,

De nos plus chers plaisirs source abondante et pure,

Cercle heureux de bienfaits que décrit la nature,

Où toujours mille espoirs, que nous devons bénir,

Consolent le présent, et peuplent l'avenir.

De devoir et d'amour, ah! ce retour fidèle,

D'une immense union cette chaîne éternelle,

Ces doux trésors du cœur, qui craignent d'en sortir,

C'est toi, Gérard, c'est toi qui me les fais sentir.

Heureux cent fois l'artiste, épris de la nature,

Qui la voit, comme toi, belle, sensible et pure!

Il en fait, par son art, peintre chéri des cieux,

Et le charme de l'ame, et le plaisir des yeux.

Ami, qui mieux que toi, dans de frais paysages,

Nous rendrait du Poussin les éloquens ombrages,

Ces sites enchanteurs que le jour va quitter,

Que le jour va revoir, où l'on voudrait rester;

Ces déserts qui, peuplés d'un ou deux personnages,

Font penser les amans, et soupirer les sages!

Tu dois aimer les bois, les prés, et les ruisseaux;

Moi, j'aime aussi les fleurs, et la paix des hameaux.

Où sont ces beaux tilleuls, si chers à ma jeunesse,

Où j'ai gravé, tremblant, le nom de ma maîtresse !

Voilà l'ombre du saule, où, loin d'elle exilé,

Pour Thérèse cent fois ma musette a parlé.

J'étais né pour les champs. Oui, mon cœur le répète,

On aurait dit Ducis, comme on dit Timarette.

J'aurais béni mon sort dans un emploi si doux.

Pourquoi faut-il que né pour d'aussi simples goûts,

Avec tant d'intérêt j'accompagne le Dante

Sur ces étangs glacés, séjour de l'épouvante,

Où d'affreux criminels, en d'énormes douleurs,

Donnent, baissant leur tête, une pente à leurs pleurs?

Mais c'est trop voir de pleurs cette rive fumante,

Où la nature est morte, et la douleur vivante.

Où suis-je ? Quels concerts ! Ossian ! Je te vois.

Chantre des temps passés, j'ai reconnu ta voix,

    Qu'elle est forte et mélodieuse !

    Jamais ta harpe harmonieuse

Avec tant de transport n'a frémi sous tes doigts.

Entends-je le dernier de tes hymnes célèbres?

    En chantant tu baisses les yeux

Qu'ont couverts des voiles funèbres.

Chargé d'ans et d'exploits, de vertus, de ténèbres,

Tu n'en es que plus près des Dieux.

Dépassant cette tour antique,

L'astre timide de la nuit

De son rayon mélancolique

Argente les longs flots de ta barbe qui fuit

Sur ton sein large et poétique.

A tes pieds, un torrent, qui serpente avec bruit,

Tombe, écume, et s'échappe au moment qu'il me luit.

Mais Fingal voit du temps rouler le fleuve immense;

Il y voit le passé, le présent, l'avenir;

Et, sa main sur son front, par un long souvenir,

Il le descend, remonte, et médite en silence.

Le ciel de ses penchans a fait sa récompense.

Il rêve encor l'amour, la gloire, et les combats.

Autour de sa compagne il a passé son bras,

Qui n'a pas pu quitter sa lance.

Dans la plus douce extase, Oscar et Malvina,

Que le tendre hymen enchaîna,

L'un sur l'autre appuyés, respirent sans alarmes

Ce sentiment si cher qui les rendit heureux ;

Sur les vents sans cesse avec eux,

Ils en emporteront les charmes ;

Ils en retiennent quelques larmes ;

Et leur dogue, à leurs pieds, les garde encor tous deux.

Mais pourquoi dans les airs ces beautés ravissantes

Ont-elles suspendu leurs corbeilles brillantes ?

C'est pour toi, vieillard généreux.

Tandis que tu m'enchantes,

Mille palmes riantes,

Mille fleurs odorantes,

Pleuvent sur tes cheveux.

Triomphe, il en est temps. Oui, ta couronne est prête :

L'étoile des héros va briller sur ta tête.

Tu chantas la vertu, la valeur et l'amour :

Monte aux cieux, et des cieux jusqu'à l'astre du jour.

Fils de Fingal, vole à ton tour

A travers les climats de ce vaste séjour,

Couché sur les zéphirs, penché sur la tempête.

Hôte léger des vents, habite désormais

Ces airs d'ombres peuplés, ces mobiles palais.

Ta harpe y gémira sous tes doigts fantastiques.

Astre pâle et chéri des cœurs mélancoliques,

L'amant croira t'entendre à l'heure du berger,

Cette heure de desir, d'attente, et de danger.

Avec la voix du nord grondant sous nos feuillages,

Sous des rocs caverneux, taillés dans les nuages,

Tu pourras l'accorder. Guerrier, si tu le veux,

Combats contre l'éclair, sous la grêle et les feux;

Saisis, éteins la foudre au milieu des orages.

Ossian, non, jamais les ans ne flétriront

Tous ces lauriers du nord, entassés sur ton front.

Le nord a dans ton sein concentré le génie,

     La vigueur sombre et l'harmonie,

Les élans imprévus de la sublimité,

     Et sur-tout la mélancolie,

Long tourment, mais si cher, si plein de volupté;

Duvet où l'on s'enfonce, on s'endort enchanté ;
Incurable bonheur d'une ame recueillie,
    Dans ce qu'elle aime ensevelie,
Qui vit, s'enivre, et meurt, d'un miel qu'elle a goûté.

Grace au charmant Virgile, à notre immense Homère,
Nous parcourons, vivans, leurs champs Élysiens.
Mais quoi ! l'Écosse aussi n'a-t-elle pas les siens,
Ses bardes, ses guerriers, ses chasseurs, ses bruyères,
Ses époux fortunés, avec leurs doux liens,
Flottant sur des coteaux d'argent et de lumières ;
Ses lances de vapeur, ses chars aériens ?

Là, tous deux, nous verrons, quand il faudra s'y rendre,
Cette Calédonie où Fingal a vécu,
Ce peuple que jamais les Romains n'ont vaincu,
Ces combattans si fiers, ces belles au cœur tendre...
De ce climat de fer nous verrons l'âpreté,
Ces sommets du Cromla dont les sapins frémissent,
Parmi ces rocs épars où les torrens rugissent,

Les toits de la pudeur, de l'hospitalité ;

    Des vieillards le respect antique,

Les berceaux endormis par un chant romantique,

Le culte des tombeaux, les fêtes de Selma ;

Et nos Ajax du nord, dans leur pompe rustique,

Environner encor cette harpe magique,

    Dont Ossian les enflamma.

    Oui, Gérard, pour ta bienvenue,

Trennmor, Fingal, Oscar, vers toi s'avanceront;

    Leurs femmes t'environneront ;

    Tous leurs bardes te chanteront;

L'Antigone du nord, dans sa joie ingénue,

La tendre Malvina, s'inclinant sur la nue,

En laissera tomber des lauriers sur ton front.

    Et moi, seul avec ma musette,

Sous mon nuage, auprès de Thérèse muette,

    Enfin devenu Timarette,

Ne laissant que de loin entrevoir à demi

    Et mes traits septuagénaires,

Et mes moutons imaginaires,

Je dirai, vieux pasteur de la foule ennemi !

« Ce Gérard qu'ont chéri tant de beautés nouvelles,

  « Et qu'il rendit encor plus belles,

  « Il fut mon peintre et mon ami. »

ÉPITRE

A CAMPENON.

———————

Toi qui chantas les fleurs et leur flamme secrète,
Homme des champs, cœur tendre, esprit juste et poète,
Chez moi par Andrieux hôte aimable amené;
Ami, nouveau trésor qu'un ami m'a donné,
Dans ce mois des moissons où, marquant ma naissance,
Son vingt-deuxième jour, sur ma tête, en silence,
Si ce jour m'est donné, des doigts glacés du temps
Fera tomber le poids de mes quatre-vingts ans;
De moi, cher Campenon, accepte cette épître.

Poètes tous les deux (c'est notre plus beau titre)
Cherchons contre le nord, quand le vent soufflera,
Par son double manteau quel mont nous défendra;
Par où les doux zéphirs sur leurs ailes vermeilles
Nous rendront au printemps nos vers et nos abeilles;

13.

Comment dans nos jardins l'hymen , ce fils des cieux ,

Ouvre à l'amant des fleurs un lit mystérieux ;

Comment un souffle errant sur tant de jeunes tiges

Sait dans leur sein fécond opérer ses prodiges?

Mais où suis-je ? à Gessen tes vers m'ont transporté.

Je suis devenu père, et mon fils m'a quitté.

J'ai fait partir exprès un serviteur fidèle

Qui se cache et le suit : j'attends tout de son zèle.

De quoi va-t-il m'instruire ? Ah ! si l'ingrat m'a fui ,

Ma tendresse le cherche et veille encor sur lui.

Je suis toujours son père. En ruineuses fêtes,

En plaisirs scandaleux, en vénales conquêtes,

Peut-être que déja son or s'est épuisé ;

De besoins, de douleurs, de sa honte écrasé ,

S'il s'était repenti ! Si Dieu , dans sa clémence ,

Eût daigné mettre un terme à sa courte démence !

Par un ange à Tobie un fils fut ramené :

Si ce même ange... Hélas ! quel est l'infortuné

Que j'aperçois de loin, triste, errant , solitaire ?

Sa figure est souffrante, et n'est point étrangère.

Il n'ose s'approcher des tentes d'Ismaël.

Avançons. Dieu! c'est lui! c'est lui! c'est Azaël!

Mon fils, viens dans mes bras! va, j'ai plaint ta misère;

Va, tout est pardonné; te voilà chez ton père.

Que je t'embrasse encor!

            Sur un plus grand tableau,

Quel front noble et touchant jette un éclat nouveau?

Tu sais du Tasse, hélas! les malheurs et la gloire.

S'il était mort du moins sur son char de victoire!

Il est cher aux amans, il est cher aux guerriers;

Toujours avec le myrte il mêla les lauriers.

Entends-tu ses soupirs? entends-tu sa trompette?

Il chanta le héros: toi, chante le poète;

Offre-nous ses malheurs, marche avec son appui,

Et renais dans tes vers, immortel comme lui.

Mais sur qui la nature, ô trop sensible Tasse!

Versa-t-elle en naissant plus d'esprit et de grace?

Qui connaît mieux que toi le charme et la beauté ?

Tu cherchas le bonheur, tu l'as souvent chanté :

L'as-tu trouvé jamais ? C'est en vain qu'on l'appelle ;

Il fuyait devant toi ce fantôme infidèle.

Sur ton front noble et pâle, et tes traits effacés,

Tu portais de l'amour tous les chagrins tracés.

Tu semblais sur ton cœur, soumis et sans murmure,

En y portant la main, indiquer sa blessure.

Hélas ! l'amour pour toi fut un fatal poison,

Et par une autre Armide il troubla ta raison.

O combien cette ardeur, de tant d'attraits remplie,

L'accabla des tourmens de la mélancolie !

Campenon, sur ta lyre, en disant ses malheurs,

Oui, souvent de tes yeux tomberont quelques pleurs.

Mais d'un triomphe heureux la marche qu'on publie

D'un spectacle nouveau va charmer l'Italie.

Le Tasse, sur son char, va donc, il en est temps,

Écraser, sans les voir, ses ennemis rampans.

Mais non... Barbare Envie, à force de lui nuire,

Toi qui brisas son cœur, jouis, le Tasse expire.

Tu ne le suivras point, son triomphe odieux,

Et déja son aspect n'afflige plus tes yeux.

C'est demain qu'à son char s'ouvrait le Capitole :

Char, triomphe, laurier, aujourd'hui tout s'envole.

Ce fut donc là ton sort, ô Tasse infortuné !

Mais va, pour le malheur tout grand poète est né.

La gloire offre à sa bouche un miel qu'elle empoisonne ;

Et c'est sur son tombeau que la mort le couronne.

On y vient apporter des regrets superflus ;

Et la palme est à lui, quand il n'existe plus.

Bientôt l'envie espère (ami, c'est là ma crainte)

Porter à ton repos quelque cruelle atteinte.

Les persécutions sont l'impôt qu'en tout temps

Ce monstre adroit et bas fait payer aux talens.

La gloire est son fléau ; sa terreur, le génie ;

Il le flatte, il le mord ; il le sent, il le nie.

L'aperçoit-il : il fuit, sans que nous le voyions,

Et, s'il reste, il s'aveugle, et meurt de ses rayons.

Mais ton cœur noble et doux, mais ta bonté, peut-être,
L'apaiseront du moins, si pourtant il peut l'être.
A qui donc as-tu nui ? Le ciel t'a fait, je croi,
A-peu-près, Campenon, intrigant comme moi,
Comme Droz, Andrieux. Toujours calme et sincère,
Va, jouis de ta muse, et suis ton caractère.
Tu vas louer Delille : ah ! sans être flatteur,
Son éloge aisément coulera de ton cœur.
Vous aurez su chanter, avec des mœurs pareilles,
L'amour et l'amitié, les fleurs et les abeilles.
Tu feras comme lui : si la dent des pervers
Attaqua quelquefois et sa vie et ses vers,
Sans se plaindre, il chargea, craignant de les confondre,
Et sa vie et ses vers du soin de leur répondre.

Aussi, dans son cercueil, en l'y voyant porter,
Tout un peuple, à grands flots, se plut à l'escorter.
Il se mit du convoi : juste et dernier hommage

Qu'il rendit au poète, à l'honnête homme, au sage,

Au mortel né sans fiel, à la raison soumis,

Qui traita doucement jusqu'à ses ennemis.

Non, ton corps, ô Delille, au pied du sanctuaire,

Ne fut point amené par un char funéraire.

Tes disciples eux seuls, sous un soleil ardent,

Chargés de ton cercueil, haletant, s'entr'aidant,

Gravissant la montagne, au temple (1) le portèrent.

Le char suivait leurs pas, qui souvent s'arrêtèrent.

Rien d'un si cher fardeau ne put les détacher.

Qui ne le portait pas s'empressa d'y toucher.

Quels regrets le Parnasse en ce jour fit paraître !

Les poètes, en deuil, accompagnant leur maître,

Par leur marche, en silence, exprimaient leurs douleurs,

Et le drap qu'ils tenaient fut mouillé de leurs pleurs.

Des talens et des mœurs telle est la récompense.

---

(1) A l'église de Saint-Étienne du-Mont, au haut de la montagne Sainte-Geneviève.

Qu'elle t'arrive tard, ami, dont la prudence,
Le courage, le goût, m'épargna, grâce aux cieux,
De mille obscurs détails l'ennui laborieux;
Enfin, me procura le bruit, fâcheux peut-être,
De trois tomes entiers qui vont bientôt paraître.

Jadis, cher Campenon, mes forces s'éprouvaient
Sur des sujets hardis, et que seules pouvaient
Porter de Shakespir les tragiques épaules.
Né pour l'humble ruisseau, je reviens à mes saules,
A leur feuillage doux, tendre, pâle, amoureux.
Jeune, ils ont fait ma joie, et je mourrai près d'eux.
A tes goûts, comme moi, tu resteras fidèle.
Mon astre, ami du tien, vers les champs nous appelle;
Vers les champs, mon ami, tu reviendras toujours.
Va, chante aussi le saule (1), il est cher aux amours.
L'agneau paît volontiers sous son ombre légère;

___

(1) Voyez la réponse de M. Campenon, à la suite de cette
épître.

Et puis, qui voit l'agneau, voit bientôt la bergère :
Quel charme quand de loin je la voyais venir !
O garde-moi, ma muse, un si doux souvenir !

Que dis-je ? ami, du Tasse, ah ! trace-nous l'histoire ;
Attache à ce grand nom ton bonheur et ta gloire.
Mais à peindre son cœur songe à bien t'appliquer ;
Quel talent ! et quel sort ! comment les expliquer ?
Sous tes pinceaux touchans je crois le voir d'avance
Traînant dans son pays la hideuse indigence ;
Déja par sa pâleur habitant des tombeaux,
Et, comme d'un linceul, couvert de ses lambeaux.
Du rire et du dédain suivi sur son passage,
Il ne changeait de lieu que pour changer d'outrage.
Vous faut-il des douleurs, ô poètes fameux !
Et que pour nos plaisirs vous soyez malheureux ?
Notre ame est-elle un sol que les ennuis fécondent ?
Ah ! le bonheur s'enfuit où les lauriers abondent.
Que de pleurs, de regrets, de dégoûts, de revers,
Croissent par-tout semés sur ce triste univers !

14

Mais parmi tant de maux, tout prêts à nous surprendre,
Ami, c'est la pitié qu'il faut toujours entendre.
La pitié! la pitié! don cher, don précieux,
Qui convient tant à l'homme, et qui nous vient des cieux.
La raison, à pas lents, marche et cherche à s'instruire:
La pitié dit un mot, je pleure ou je soupire.

Je plains même un méchant, dans sa propre maison
Réduit à redouter le fer ou le poison.
Rien ne peut arracher la peur de ses entrailles;
Il craint d'être, en rêvant, trahi par ses murailles;
Il n'ose plus dormir. Ah! dans de noirs accès,
Si son bras se ranime à de nouveaux forfaits,
Sans qu'un taureau s'embrase, et que l'airain mugisse,
Pour le punir, grand Dieu! du plus affreux supplice,
De l'horreur de se voir qu'il frémisse abattu!
Qu'il vive! et, pour enfer, montrez-lui la vertu.

Avouons, mon ami, qu'ayant deux jours à vivre,
A de cruels momens notre destin nous livre.

Le ciel a mis pourtant du fruit dans nos travaux,

De l'espoir dans la crainte, et des biens dans nos maux.

L'honnête homme sur-tout doit craindre plus d'un piége.

O comme il doit prier que le ciel le protége !

Béni soit l'astre heureux qui si souvent m'a lui,

Cet astre ami du faible, et qui veille sur lui !

Sur un terrain suspect lorsqu'en paix je sommeille,

Si le serpent s'approche, un lézard me réveille.

Arion qu'à la mer je viens de voir jeter,

Un dauphin sur son dos est fier de le porter.

Cet antre me fait peur, m'inspire la tristesse;

De noirs sapins dans l'air il porte la vieillesse ;

Ses flancs sont hérissés, d'affreux rochers couverts :

Oui, mais il me défend du vaste assaut des mers.

J'y trouve un abri sûr, des bancs de roches vives,

Des nymphes, un jour tendre, et des eaux fugitives,

Et quelques lits de mousse, et des réduits charmans,

Palais du doux repos, sourds au long cri des vents.

Il faut enfin, il faut qu'en égayant ma muse,

Avec toi, Campenon, un instant je m'amuse.

Ami, tu m'as cru pauvre : eh bien ! détrompe-toi.

Chacun cherche à me plaire, à s'attacher à moi.

L'un veut que de ses soins mon potager s'honore,

Ou s'installer sous moi le sacristain de Flore ;

L'autre écrire mes vers sortant de mon cerveau ;

L'autre garder mon bois, mes nids, et mon caveau.

Et tu sais, mon ami, tu sais bien sur la terre

Si jamais j'eus bosquet, potager, ni parterre.

Né sans ambition, avec peu de desirs,

Mon luth fit mon destin, mon emploi, mes plaisirs.

Il ne me donna pas un clos, des métairies,

Mais le sommeil, la paix, les riantes féeries,

Cet art charmant des vers par la grace enfantés,

Bien-fonds de La Fontaine, et qu'il a tant chantés.

Heureux au jour le jour, rêvant, me laissant faire,

De moi pourtant toujours je fus propriétaire.

O pauvreté tranquille ! ô véritable bien !

Heureux ! cent fois heureux le mortel qui n'est rien !

Qui dans son cœur en paix, seul trésor à défendre,

Sans craindre et desirer, commander ni dépendre,
Toujours libre et soumis, dans un juste milieu,
Abandonne et ce monde et l'avenir à Dieu !

Pourquoi l'homme veut-il, gonflant son existence,
Exhausser jusqu'au ciel sa superbe indigence ?
Son néant sort par-tout. Pauvres mortels !... hélas !
Ils se parent souvent d'un bonheur qu'ils n'ont pas.
Mais Dieu de son bonheur, leur commun héritage,
Entre tous ses enfans fait un égal partage.
Tout est sous son empire et juste et paternel.
Ainsi, dans le désert, les enfans d'Israël,
Sans qu'elle s'altérât (la Bible nous l'atteste),
Ne pouvaient conserver de la manne céleste
Que la part qui devait suffire à leurs besoins.
Sans que l'un en eût plus, sans que l'autre en eût moins,
Tous en avaient assez ; et, sans soins, sans murmure,
Chacun dînait sa faim, content de sa mesure.

C'est ainsi, Campenon, qu'on vit à ton foyer.
L'ame est sur tous les fronts et vient s'y déployer.

14.

Ce neveu, c'est ton fils ; cette nièce, ta fille.

Toujours l'homme des champs fut père de famille.

C'est au bon Andrieux, ami, que je te doi.

En nous liant ensemble, il a tout fait pour moi.

C'est par lui, par tes soins, que mon feu se ranime,

Et que Forsell me grave, et que Didot m'imprime :

Didot, tu le connais ; c'est notre ami commun.

Mais je frémis. On sonne. Encore un importun !

—Permettez-vous, monsieur, que l'on vous parle affaire?

—A moi ! je n'en ai pas. Chez mon brave libraire

Tout va bien.—Cependant, pour vous quoiqu'étranger,

Je vous conseillerais.... — Faut-il me déranger ?

—Vraiment oui.—J'ai la goutte ; et puis... je lis Horace.

Laissez-moi.—Trouvez bon que quelqu'un vous remplace.

— N'ai-je pas Campenon, cet ami précieux ?

C'est un autre moi-même, et je vois par ses yeux.

Il fera mieux que moi tout ce qu'il faudra faire.

Parlez-lui. — Cependant un auteur d'ordinaire...

—Je pars pour la campagne.—En reviendrez-vous?—Non;

Mais voici mon adresse : à Ducis-Campenon.

RÉPONSE

DE M. CAMPENON.

Va, chante aussi le saule, etc.

M. Campenon obéit à ce conseil, et peu de temps après, le 20 août 1813, jour où M. Ducis avait atteint ses quatre-vingts-ans, il lui adressa les vers suivans :

AU SAULE DE DUCIS.

Arbre chéri des flots et du temps respecté,

Dont, au moindre zéphir, le feuillage agité

D'un vert si doux, si tendre, à mes yeux se nuance,

 Pour le Sophocle de la France,

Soit bénie à jamais la main qui t'a planté !

Crois-moi, laisse le pampre inspirer la folie ;

Laisse au laurier la gloire, et le deuil au cyprès ;

 Plus heureux, ton ombrage frais

 Appelle la mélancolie ;

L'amour souvent t'a visité,
Et l'orgueil t'est permis quand Ducis t'a chanté.

L'un vers l'autre en effet même instinct vous attire :
Il aime, ainsi que toi, le murmure des eaux,
L'émail fleuri des prés, le doux chant des oiseaux ;
Son front se rajeunit au retour du Zéphyre ;
Mais il craint les autans, et quand, tout courroucé,
Borée autour de lui fait mugir la tempête,
Par ton exemple instruit, il baisse aussi la tête,
Prompt à la relever quand l'orage est passé.
Que d'utiles leçons tu peux fournir au sage !
Si le reptile impur attaque ton feuillage,
Tu sais te revêtir de feuillages nouveaux,
Et, sans apercevoir l'insecte qui t'outrage,
D'une sève plus fraîche inonder tes rameaux ;
Tel Ducis, quand Zoïle en sa lâche impudence
Des beautés d'Othello démentait l'évidence,
Calme, et de l'Arabie empruntant les couleurs,
Méditait d'Abufar les tragiques douleurs.

Oui, des mêmes penchans l'influence secrète

Semble associer l'arbre aux travaux du poète ;

Et quand sous tes abris par sa gloire habités

    Ce fier soutien de Melpomène

    Ennoblissait pour notre scène

De Chekspir mieux senti les sauvages beautés,

On eût dit qu'aux accens de son ame troublée

Tu courbais, de terreur, ta tête échevelée.

    Mais lorsqu'à ses doux jeux rendu,

Du tragique trépied tout-à-coup descendu,

    D'une muse moins solennelle

    Il suivait l'inspiration,

Et laissait échapper de sa lyre immortelle

Les vers dont aujourd'hui s'enorgueillit mon nom,

Fidèle à ce rapport qui tous les deux vous guide,

On te voyait, sans doute, avec un soin touchant,

Pour quelque faible arbuste à tes pieds s'attachant

De ton ombrage épais faire une heureuse égide.

Saule aimé de Ducis, ah ! puisses-tu long-temps

De tes pâles rameaux couvrir ses cheveux blancs!

Puisse dans vingt printemps, notre amitié discrète

Fêter ensemble encore et l'arbre et le poète;

      Retrouver près de sa Baucis

Cet autre Philémon sous ton feuillage assis,

Sans regret du passé, sans soin qui l'inquiète,

De cœurs dignes du sien fier de s'environner,

Ne possédant que peu, mais assez pour donner;

Et que, jusqu'à ce jour, sa vieillesse nous voie

Heureux de son bonheur, et joyeux de sa joie!

POÉSIES DIVERSES.

POÉSIES DIVERSES.

LA CÔTE

DES DEUX-AMANS.

Il est une vallée au sein de la Neustrie,
Comme Tempé célèbre ; et des nymphes chérie.
Andelle est son beau nom. Les frais, les doux zéphirs
La peuplent de troupeaux, d'abeilles, de soupirs,
Mais elle a son Pénée ; et sous le nom d'Andelle
Ce fleuve aussi la cherche, et coule amoureux d'elle.
Ils confondent ensemble entre d'heureux coteaux
Les fleurs de la prairie et le cristal des eaux.

Au pied de ce vallon, du haut d'une montagne
Dont l'immense sommet s'étend sur la campagne,

Tombe un chemin rapide, et qui de toutes parts
Du voyageur pensif court saisir les regards.
Ce mont qu'avec surprise au loin chacun admire
Vit changer les états, tomber plus d'un empire,
Mais il garda sa gloire, et sans cesse les ans
Rajeunissent pour lui la Côte des Amans.
D'où lui vint ce beau nom ? O muse, que j'implore,
Muse, si la pitié pour eux te parle encore,
Dis-moi comment l'amour perça des mêmes traits
Deux cœurs infortunés qu'on n'oublîra jamais !
L'amante jeune et belle honorait dans son père
Des antiques barons l'humeur noble et guerrière.
Il suivait aux combats Charlemagne irrité,
Quand il courait punir le Saxon révolté.
L'amant, s'il osait l'être, avait soin d'une mère
Veuve, tendre, éclairée : « Ah ! si je te suis chère,
« Mon cher fils, lui dit-elle, apprends-moi quel chagrin
« Trouble aujourd'hui ton front autrefois si serein.
« Je t'observai long-temps : l'air inquiet, l'œil triste,
« Ta vue avec langueur s'arrêtait sur Caliste ;

« Tu sèches consumé d'un funeste poison ;

« La beauté de Caliste égare ta raison.

« Caliste ! y songes-tu ? du baron de Saint-Pierre,

« Ton maître, ton seigneur, la fille et l'héritière.

« Et nous, tu le sais bien, hélas ! que sommes-nous ?

« S'il soupçonnait tes feux, quel serait son courroux ?

« Cachés dans notre sort, nous n'avons rien à craindre :

« De nous-mêmes sur-tout n'ayons pas à nous plaindre :

« Laissons aller des grands les tranquilles dédains.

« Hélas ! devant leurs yeux sommes-nous des humains ?

« Nous ont-ils seulement admis dans la nature ?

« Leur ame par l'orgueil hait l'homme et devient dure.

« Cependant notre maître.... Ah ! lorsque le trépas,

« Frappant son jeune fils, l'arracha de ses bras,

« Quels cris son désespoir ne fit-il pas entendre !

« Jamais cœur paternel se montra-t-il plus tendre ?

« Oui, si sa fille aussi devait bientôt périr,

« De sa douleur, Edmond, nous le verrions mourir.

« Sa fille est tout pour lui. Quant à son caractère,

« Nous n'avons, grace au ciel, nul reproche à lui faire.

« Car (rendons-lui justice) avec humanité,

« L'homme né sous ses lois constamment fut traité :

« Mais cet orgueil d'un rang qui de lui nous sépare

« Peut le dénaturer ; tout orgueil est barbare.

« Crois-tu, par cet orgueil qu'une fois emporté

« Il se souvienne encor d'un reste de bonté ?

« Connais tout ton péril. Mais au moins ta prudence

« A caché ton amour sous un profond silence.

« Tiens-le toujours secret. L'orgueil, l'orgueil, crois-moi,

« Le traiterait d'audace et de crime. — Eh! pourquoi ?

« J'ai pensé qu'en l'aimant de l'amour le plus tendre,

« Le sort me défendait, il est vrai, d'y prétendre.

« Mais serait-il possible au sort, dans sa rigueur,

« D'enchaîner ma pensée, et de m'ôter mon cœur ?

« Des loups cruels naguère ont causé nos alarmes.

« On voulut les détruire, on nous prêta des armes.

« Dans les immenses bois dont il est possesseur,

« Notre maître lui-même apparut en chasseur.

« Et moi, dans les forêts, ô ressource impuissante !

« Je ne rêvais, cherchais, voyais que mon amante.

« A l'écho du désert je criais éperdu :

« Caliste ! Hélas ! ce nom pouvait être entendu.

« J'espérais, m'efforçant d'anéantir ma flamme,

« L'exhaler, ou du moins l'assoupir dans mon ame :

« Je me lassais la nuit, je me lassais le jour.

« En vain ! j'accrus ma force et gardai mon amour.

« Un ordre inattendu m'imposa d'autres veilles ;

« Je passai dans les champs au doux soin des abeilles :

« Je crus que cet emploi calmerait mon tourment.

« Tout est dans leur travail mystère, enchantement :

« Leur sortie, à longs flots, au lever de l'aurore ;

« Leur lenteur à rentrer quand le jour va se clore ;

« Leur atelier si frais, plein de mille couleurs.

« Quel spectacle plus beau que le miel et les fleurs !

« Mais l'amant sans espoir, qui meurt de sa blessure,

« Peut-il trouver encor du charme à la nature ?

« Caliste ignore, hélas ! que j'ai pu la chérir.

« Mon sort est de l'aimer, de me taire, et mourir.

« Elle court dans nos prés, de vingt rivaux suivie,

« Sans songer qu'après elle elle emporte ma vie.

« Si j'osais la finir par un noble trépas!

« Si j'allais le chercher, au loin, dans les combats!

« — Mon fils! ô mon cher fils! tu quitterais ta mère!

« — Qu'ai-je dit! Non, jamais.—Puisque je te suis chère,

« Que ma main puisse encore, à la fin de mes ans,

« Sécher au moins tes pleurs, filer tes vêtemens.

« Il n'est point, quand tu vis, de malheur dont je tremble.

« Va, Dieu bénit le pauvre, il nous fait vivre ensemble.

« Tu rentres souvent tard, mais enfin je te voi.

« J'ai peu de jours à vivre, et ces jours sont à toi.

« J'ai préparé ton lit, viens, suis-moi, le jour baisse.

Il prend un peu de force, ou sent moins sa faiblesse.

Dieu! le sommeil l'agite. « Ah! si sa douce fleur

« Pouvait, ô mon cher fils, assoupir ta douleur!

« Mais dans ton cœur, hélas! ton mal toujours existe.

« En paix, pour quelque temps, rêve, rêve à Caliste!»

Le baron cependant, au fond de son château,

Soupirait nuit et jour d'un deuil encor nouveau.

Il pleurait son épouse. Hélas ! dans sa famille,

Pour se survivre encore il n'a plus que sa fille.

Contre elle si la mort allait tourner ses traits !

Ses larmes, ses douleurs ont flétri ses attraits.

Pour conserver ses jours, près des bords de l'Andelle,

Sur d'agiles coursiers il vole à côté d'elle.

Voyant auprès de lui son cœur se rassurer,

Dans les forêts un jour, il lui permit d'entrer.

Blessé par des chasseurs, plein de sang et de rage,

Un affreux sanglier sort d'un hallier sauvage.

Il court droit à Caliste. Edmond paraît soudain :

Le monstre, à l'instant même, expira sous sa main.

Avec joie il s'écrie aux genoux de son maître :

« Heureux, cent fois heureux que le ciel m'ait fait naître,

« Pour vous rendre un trésor qui vous était ôté !

« Et toi, dit le baron, reçois ta liberté. »

Plein de Caliste, il fuit. Mais l'éclat du jeune âge,

Sa grace, sa vigueur, son bienfait, son courage,
Ont imprimé chez elle un profond souvenir.
Son cœur, blessé d'amour, n'en peut plus revenir.
Ah! l'instant qui nous charme est trop souvent funeste.
C'est un éclair, un rien. Le trait part et nous reste.
Piége innocent du cœur! Chacun d'eux enchanté
Est pris par sa belle ame, est pris par sa beauté.
Dès-lors, les deux amans, sans parler, s'entendirent.
Amour charmant et pur, dis-nous ce qu'ils souffrirent!
Toujours du même objet leur esprit fut frappé.
Toujours du même vœu leur cœur fut occupé.
Amans, tendres amans, quand finiront vos peines?

Le baron, moins tremblant, au sein de ses domaines,
Dans son noble manoir, dont l'Andelle, en son cours,
Embrasse de ses eaux les fossés et les tours,
Orgueilleux de sa fille, et, plein de sa naissance,
Du plus superbe hymen nourrissait l'espérance.

Il naissait ce grand jour, de tout temps respecté,

Qu'on fêtait sous le nom de la Saint-Jean d'été,

Usage antique et saint, venu de nos ancêtres.

Les pères, les enfans, les serviteurs, les maîtres,

Dansaient autour d'un feu par l'aïeul allumé.

Dans ce jour et de chants et de joie animé,

Marchaient vers le vieillard flûtes, pipeaux, musettes,

L'hermite du canton, fileuses, bergerettes;

Ceux qui pendant la nuit gardaient les grands troupeaux,

Qui greffaient les pommiers, qui tondaient les agneaux.

Pourquoi la triste Envie, au palais attachée,

Trop souvent sous le chaume est-elle aussi cachée?

Tous les égaux d'Edmond, mais qui ne le sont plus,

Par haine contre lui font des vœux superflus.

« Il est beau, jeune, heureux, aimé, hors d'esclavage.

« Caliste a tout pouvoir, et vit par son courage.

« Que ne prétendront pas son espoir et ses feux! »

L'Envie, en parlant bas, a des échos nombreux.

Le baron inquiet en sent déja l'atteinte.

« Si ma fille l'aimait, aurais-je cette crainte ?

« Dieu ! si lui-même osait !... O quel tourment honteux !

« Un esclave à ma fille eût présenté ses vœux ! »

Il frémit. Edmond vient. — « Est-ce toi, téméraire,

« Qui de ma fille épris, te flattes de lui plaire ?

« Toi dont l'ingratitude et l'amour odieux

« Jusqu'à son noble hymen ose élever tes yeux.

« Si tu sauvas ses jours, j'ai payé ta vaillance,

« Et de ta liberté j'ai fait ta récompense.

« C'est assez. Ne viens plus, hardi dans ton néant,

« M'offrir de ton espoir le scandale outrageant. »

Edmond tombe à ses pieds. « J'ai dû mieux me connaître,

« Dit-il. Dans votre fille, en la voyant paraître,

« Je crus voir un objet dès long-temps adoré,

« Mais mon culte du moins fut toujours ignoré.

« Mon feu de mes soupirs s'est nourri dans mon ame.

« J'en ai senti l'ardeur, j'en ai caché la flamme.

« Voilà tous mes forfaits, vous pouvez m'en punir.

« Heureux à son hymen qui pourra parvenir !

« Qu'elle vive long-temps pour honorer son père !

« Astre pur et nouveau dont s'éclaira la terre,

« Quel mortel, quel qu'il soit, pourrait la mériter ?

« S'il était à ce prix un prodige à tenter !

« Juste Ciel ! — Malgré moi ton amour m'intéresse ;

« J'estime ta valeur, j'aime à voir ta jeunesse,

« Ta figure me plaît. Que sais-je, enfin, dans toi

« J'admire avec plaisir ton courage et ta foi.

« L'amour sur-tout aspire à vaincre les obstacles,

« Et de tout temps, dit-on, enfanta des miracles.

« En faveur de ma fille, oui, je pourrai céder.

« Mais apprends à quel prix je veux te l'accorder.

« — Est-il vrai ? — Le voici : sur cette côte aride,

« Tu vois de ce chemin l'escarpement rapide :

« Oui, sans aucun repos ; oui, si d'un même pas,

« Tu peux jusqu'au sommet la porter dans tes bras,

« Ma fille est ta conquête, et ma main te la donne.

« Que le château l'apprenne, et que sa cloche sonne :

« Je ne chercherai point à te la contester.

« J'ai dit : voilà ma loi, tu peux te consulter. »

Edmond triomphe. Il sort. Mais où Caliste est-elle,
Dit-il ? Voilà le mont dont le sommet m'appelle.

« Caliste vient vers lui. Va, j'ai tout entendu,
« Lui dit-elle, en tremblant. Le voilà donc rendu
« Ce triste arrêt d'orgueil et d'un dépit barbare !
« Puis-je, hélas ! t'expliquer comment il nous sépare ?
« Mais respectons un père. Eh ! ne vois-tu donc pas,
« Trop malheureux Edmond, que tu cours au trepas ?
« Caliste, dit Edmond, va, ma victoire est sûre,
« Ton père dans mes feux n'a pu voir qu'une injure.
« Cependant pour son gendre il vient de m'accepter,
« Si par un noble effort je peux te mériter.
« J'ai souffert doucement ses dédains que j'oublie ;
« Mais c'est en promettant lui-même qui se lie.
« Non, je ne croirai pas que mon pressentiment
« Ne soit rien qu'un vain songe et l'erreur d'un amant.
« Vois-tu ce beau vallon, ces eaux et ces ombrages,
« Ces fleurs, ce ciel d'azur, paré de ces nuages,
« Tous ces joyeux pasteurs de tant d'heureux troupeaux.

« Étrangers, peuple, amis, et noblesse et vassaux,

« Qui tous, avec ardeur, de tous côtés s'y rendent,

« Dont les cœurs sont pour nous, dont les yeux nous attendent ?

« Vois-tu ce toit d'hermite, et son humble clocher

« Où deux tendres pigeons viennent de se percher ?

« Ils sont de notre amour l'image heureuse et chère.

« Songe à ce doux augure, aux desirs de ma mère,

« Au grand saint que pour nous j'implore en ce grand jour,

« A ce ciel protecteur d'un innocent amour.

« Ne détruis point d'un mot mon bonheur qui s'apprête.

« Laisse-toi par pitié devenir ma conquête.

« Aurais-je pu te perdre, ayant pu t'acquérir ?

« Non, tu ne voudras pas voir ton Edmond mourir,

« Ton cœur m'en est garant. — Quand je te dois la vie,

« Par moi la tienne, hélas ! te serait donc ravie !

« C'est donc là, cher Edmond, mon déplorable sort

« Que pour mes jours sauvés tu me doives la mort.

« Mais vois-tu bien ces rocs, cette côte effrayante,

« Ce chemin dans les airs ? — J'en ai bravé la pente.

« J'y connais tout, une herbe, une pierre, un buisson.

16

« Quand le chêne est gelé, quand brûle la moisson,

« J'ai parcouru cent fois ce roc si formidable ;

« Chasseur dans nos forêts, agile, infatigable,

« Des muscles du chamois j'acquis la fermeté,

« Ses sauts, ses bonds hardis, son intrépidité.

« Ma force est mon secret, et ton père l'ignore.

« Il l'entendra bientôt cette cloche sonore.

« La hauteur de ce mont m'inspire peu d'effroi.

« — S'il décroît à tes yeux, il s'agrandit pour moi.

« Écoute, cher Edmond : nous respirons encore ;

« Voici de ton amour la faveur que j'implore :

« Tu sais quel est mon cœur ; tu crois bien, entre nous,

« Qu'aucun mortel jamais ne sera mon époux.

« Edmond, vole aux combats, et défends-y mon père ;

« Moi, je m'en vais à Dieu, dans un saint monastère,

« Sous le voile sacré m'enchaîner par des vœux.

« C'est là que, dans mon deuil, je prîrai pour vous deux.

« En causant ton trépas, j'eusse été criminelle ;

« A mon devoir, à Dieu, je resterai fidèle ;

« Et dans mon cloître, Edmond, mon cœur moins agité

« Gémira d'un malheur qu'il n'a point mérité.

« Allons, séparons-nous. — Eh ! le puis-je, Caliste,

« Quand, mort à l'univers, c'est dans toi que j'existe,

« Par toi que je respire, à toi que j'appartien,

« Quand mon cœur n'est vivant qu'en battant sur le tien?

« *Allons, séparons-nous.* Quels mots ! J'y dois souscrire.

« Mais ces mots si cruels, as-tu pu me les dire ?

« Te perdant pour jamais que mon cœur va souffrir !

« Mais, grâce à ma douleur, je suis sûr de mourir.

« Toi que j'eusse vaincu, sommet cru si terrible,

« (Car est-il un prodige à l'amour impossible?)

« Que je t'appelle, au moins, dans mes derniers momens,

« La Côte ou le Tombeau des malheureux Amans.

« S'il est quelque pitié chez la race nouvelle,

« Ce nom vivra long-temps sur les bords de l'Andelle.

« On publîra qu'Edmond, dans l'esclavage né,

« Au plus beau des hymens fut jadis destiné;

« Qu'il allait, plein d'amour, d'accord avec son maître,

« Conquérir un bonheur qu'il méritait peut-être.

« Caliste dit un mot : ce mot dut lui ravir

« Conquête, amante, épouse; il ne sut qu'obéir.

« —Eh! ne le sais-je pas qu'Edmond m'honore et m'aime,

« Que pour moi son respect, sa tendresse est extrême ?

« Pour y croire, ai-je encor besoin de tes discours ?

« Ne me souvient-il plus que tu sauvas mes jours ?

« Ai-je vu tant d'amour avec indifférence ?

« N'est-il entre nos cœurs aucune intelligence ?

« Est-il un de tes vœux que je n'entende pas ?

« Crois-tu qu'avec effort je fuirais dans tes bras ? »

Il l'enlève à ces mots. Chargé de son amante,

Il semble au haut des cieux la porter triomphante,

Il croit tenir un ange, un divin protecteur,

Qui pour lui du ciel même a fait fuir la hauteur.

Il ne se hâte pas, mais sa marche est égale.

Si tu pouvais, amour, abréger l'intervalle !

Enfin de la moitié tout l'espace est franchi ;

Son pas n'a point changé, son corps n'a pas fléchi;

Son fardeau le soutient, il en est idolâtre.

On dirait dans ses bras, pressant un corps d'albâtre,

Qu'il porte la pudeur, ce trésor précieux

Qu'il dérobe à la terre, et qu'il va rendre aux cieux.

Tout le coteau sur lui tient la vue attentive.

On crie : « *encore un pas !* » Il s'efforce, il arrive.

Mais déja du château la cloche a retenti ;

L'amour a triomphé, l'orgueil est averti.

Couple unique, oui ; la terre et le ciel vous couronne.

De joie et de transport tout le vallon résonne.

On court. Tout applaudit, les bois par les échos,

L'Andelle par ses chants, et ses fleurs, et ses flots.

On veut, de la Saint-Jean lorsque l'hymne s'apprête,

Des deux amans aussi que ce jour soit la fête.

Soudain tout semble mort, se tait, rien ne répond.

On soupçonne en tremblant ce silence profond.

Qu'est-il donc arrivé ? L'on s'interroge, on tremble,

On veut voir les amans, on veut les voir ensemble.

Un vieil hermite, hélas ! les suivait d'un peu loin,

Il vit tout, conta tout. Pieux et tendre soin !

16.

C'est là, dit-il, qu'Edmond la déposa vivante,

Là, qu'expira l'amant, là qu'expira l'amante.

Ils venaient à la fin d'épuiser leur malheur :

Lui mourut de fatigue, elle de sa douleur.

Ce bruit vole et s'étend sur cette côte immense ;

On gémit, on soupire, on descend en silence.

Un orage imprévu troubla les élémens,

Déja la tombe unit le corps des deux amans.

Deux colombes, dans l'air, d'une voix gémissante,

Semblaient redemander et l'amant et l'amante.

On suit leur chant plaintif et leur vol égaré.

Enfin sur le tombeau le jour s'est remontré.

On presse avec respect cet asyle fidèle ;

On plaint leurs chastes feux, on plaint leur fin cruelle.

On veut qu'un véridique, un sensible discours

Apprenne à l'avenir de si tendres amours.

Leur candeur, leur beauté, leur commune aventure,

Frappe, atteint tous les cœurs, y saisit la nature.

Des amans, des époux leurs noms sont révérés.

On baise leur cercueil, on croit leurs corps sacrés.

Ils s'aiment dans les cieux. Côte illustre et funèbre !

Garde encor dans mille ans cette tombe célèbre.

Amans, sur vos malheurs, puis-je encor m'arrêter !

Hélas ! ma muse en pleurs a peine à vous chanter.

Vallon, qui m'étaliez sur vos rives fécondes

Et les plus belles fleurs et les plus pures ondes ;

Échos, bosquets d'Andelle, à qui par vos zéphirs

Nos timides amans confiaient leurs soupirs,

Sur eux d'un même vol quand la mort vient de fondre,

Si vous les appelez, que dois-je vous répondre ?

Edmond et sa Caliste, hélas ! sont disparus,

Caliste et son Edmond ne vous reverront plus.

ENVOI A MADAME HAUGUET.

Vous l'avez desiré, ma muse s'en fait gloire.

Puissé-je consacrer au temple de mémoire

    La Côte de vos deux Amans.

Pourquoi Racan, Ségrais, Malherbe, en vers charmans,

N'ont-ils pas pris plaisir à conter leur histoire ?

    Tous trois n'étaient-ils pas Normands ?

Aux pieds de Rhadamante, à titre de poète,

Je vais donc comparaître, assis sur la sellette.

Notre bon Andrieux n'est pas un doux censeur :

S'il sent très vivement, il juge avec froideur.

La raison est un fort d'où jamais il ne bouge ;

Tout manuscrit le craint, et mes Amans ont peur

   Devant son maudit crayon rouge.

Mais j'en chéris le trait, je m'offre à sa rigueur.

Tout est pur dans son goût, tout est vrai dans son cœur.

Vous à qui les beaux-arts, le bon goût rend hommage,

Que charme d'Hélicon l'harmonieux langage ;

   Vous que vit naître aux bords des mers

Dieppe, ce frein puissant de Neptune en furie,

Pour être notre muse, en inspirant nos vers ;

   Vous que les Graces ont nourrie,

   Fille aimable de la Neustrie,

Oui, le même penchant nous entraîna vers vous.

   Dès long-temps vous voyez en nous,

De nos vœux confondus, toujours, par-tout suivie,

Deux amis tendres et jaloux
Du plaisir de chanter vos goûts
Et du bonheur de votre vie.

Quelle ardeur vous anime à créer des forêts,
Bravant les aquilons, le soleil et ses traits,
Sur des monts, sur des rocs, devançant sa lumière?
Vos prévoyantes mains, avec un cœur de mère,
Sèment pour vos enfans, dans des sillons pierreux,
L'espoir de jeunes bois qui vieilliront pour eux.
L'avenir est un champ plein d'attrait et d'attente.
Du géant des forêts la tête triomphante,
Un jour, vous dites-vous, de ce gland sortira;
Ce que je prête au temps, le temps me le rendra.
Dès aujourd'hui je goûte un si cher avantage.
Croissez, chênes, croissez pour ma belle sauvage!
Est-il bien vrai? par vous une forêt naîtra!
Que de nids et d'amours! Chacun y trouvera
Son charme et son repos, ce vrai plaisir des sages,
          Philomèle, des ruisseaux frais,

Les nymphes, des antres discrets,
Et les poètes, des ombrages.

Mais dans l'art hasardeux de bien conduire un four,
J'entends vanter par-tout votre talent suprême.
Un four!... c'est quelque chose. Eh ! si chez vous, un jour
Je suivais Andrieux pour en juger moi-même !
Le four, je m'en souviens, fait d'excellens desserts.
Si nous sommes contens, vous aurez dans nos vers
Un temple sous le nom de Vénus Pâtissière,
Avec de beaux bras nus, une taille légère.
Quel plaisir de vous voir occuper sous vos lois
Tant de petits amours, ravis de leurs emplois,
Ces jolis petits dieux étendant la galette,
Dorant le macaron, sucrant la tartelette.
Sur vos gâteaux exquis qu'on s'arrache et qu'on craint,
Leurs carquois sont gravés, votre chiffre est empreint.
Le bonnet sur l'oreille, agitant la serviette,
Rangés autour de vous, je les entends crier :
« Vénus pour son plaisir pâtissière s'est faite. »

Quel honneur pour notre métier !

Oui, Vénus dans Paphos a laissé sa parure ;

Son pied nu presse à peine une étroite chaussure,

A tous ses mouvemens le lin sait se plier ;

Elle s'est mise en juste, en simple tablier ;

    Mais elle a gardé sa ceinture.

Pour changer nos plaisirs, aimable, en cent façons,

Sans peine, à votre gré, vous prenez tous les tons ;

Vous restez toujours vous, c'est-à-dire une grace,

    Qui plaît toujours, jamais ne lasse.

Votre esprit est de même : il est naïf et fin,

Et solide et léger, comme il vous plaît, enfin ;

Vous nous rendez le vrai, vous parez la toilette.

Belle vous êtes née, et le serez toujours.

    C'est un don de votre planète

    D'être belle dans vos atours,

    Dans vos habits de tous les jours,

    Et même de l'être en cornette ;

Mais tout sied quand on plaît ; mais tout sert aux amours.

Faut-il gagner nos cœurs, que rien ne vous alarme.
O femmes! quel pouvoir vous fut donné sur nous!
Nous naissons vos amans, nous mourons vos époux;
Nous prenons, enchantés d'un regard, d'une larme,
Le bonheur dans vos yeux, des lois à vos genoux;
Notre unique pensée est d'être auprès de vous :
C'est notre premier vœu, c'est notre dernier charme.
Contre vous c'est en vain que la raison nous arme;

  Et les plus vieux sont les plus fous.

Les Parques ont chargé mon fuseau d'un long âge;
Leurs ciseaux vont s'ouvrir pour trancher leur ouvrage.
Adieu, ma tendre amie, adieu, je cède au temps.
J'aurai chanté pour vous LA CÔTE DES AMANS.
Ai-je rempli vos vœux? Le croirais-je? Je n'ose.
Maintenant, affaibli, mon luth est peu de chose;
Mais le cœur met du prix aux plus humbles présens,
Murmurant votre nom dans ses derniers accens,
Près de vous, après moi, permettez qu'il repose.

NOTICE HISTORIQUE
SUR LA CÔTE DES DEUX-AMANS.

La Côte des Deux-Amans, célèbre en Normandie, depuis tant de siècles, doit son nom à la plus chère et la plus intéressante de nos passions, lorsque sur-tout la vertu l'accompagne, et que rien ne nous reproche nos pleurs dans le tendre intérêt que nous prenons à ses victimes.

Voici ce que m'a pu fournir d'instruction à ce sujet la dame respectable à qui j'ai eu l'honneur d'adresser les vers où j'ai tâché de conter, le mieux qu'il m'a été possible, l'histoire des deux amans infortunés. Je n'aurai, pour ainsi dire, qu'à copier une partie de sa lettre.

« Ma sœur et moi, Monsieur, nous avons fait tout ce qui dépendait de nous pour acquérir des lumières sur un sujet qui semble fait pour ranimer les cordes sensibles de votre lyre. Elles ne sont puisées que dans la tradition du

17

pays, et quelques notices de Darnaud, de Saint-Foix et de madame de Genlis, toutes restreintes et de même nature.

« Le vieux château de la vallée d'Andelle était occupé par un seigneur de Pout-Saint-Pierre, contemporain de Charlemagne. Sa fille, nommée Caliste, jeune et belle, fut aimée et devint éprise d'un jeune paysan, nommé Edmond, serf de son père. Ce père, pour désespérer leur amour, imagina de mettre à son consentement une condition impossible. Il promit qu'il lui donnerait sa fille, s'il pouvait la porter de suite et sans aucun repos jusqu'au haut de la côte qui règne sur le château et toute la vallée d'Andelle, et la déposer sur son sommet, quoiqu'il fût regardé comme inaccessible.

« Le jeune homme par une force et un courage incroyables, arrive au sommet, y dépose sa conquête, penche la tête, fixe des yeux pleins d'amour sur elle, et tombe mort de fatigue. Son amante meurt à l'instant de douleur. Tel est le fond de l'histoire.

« Le père, trop tard attendri et repentant, fit ériger par la suite le Prieuré des Deux-Amans au haut de cette côte ; mais il fit enfermer les deux corps dans un même cercueil, et les fit transporter dans la chapelle la plus voisine, dépendante du monastère de Fontaine-Guerare, qui forme actuellement, comme vous le savez, Monsieur, la propriété de M. Gueroult, mon beau-frère. La tradition dit que le malheureux père de Caliste mourut de chagrin de la mort de sa fille.

« Ce qui confirme, Monsieur, l'érection du Prieuré des Deux-Amans au haut de la côte, c'est d'abord son nom, et ensuite le sceau de la maison, qui représentait la tête d'une jeune fille et celle d'un jeune homme. Ma sœur, épouse de M. Gueroult, tient cette particularité du dernier prieur qui vient de mourir. La pierre du tombeau a été mutilée lors de la révolution, mais M. Gueroult a su d'une religieuse du couvent, qu'elle était placée, intérieurement, à la porte de la chapelle que couvre encore un vieux et immense lierre que vous avez dû voir, Monsieur, lorsque vous avez fait à M. Gueroult l'honneur de passer avec nous quelques jours sur les bords de l'Andelle, dans son intéressante acquisition de Fontaine-

Guerare, fontaine charmante, voisine de sa maison, et qui a donné son nom à ce monastère. »

Voilà ce que m'apprend cette dame dans sa lettre. Je me souviens effectivement que ce lierre m'a frappé par son épaisseur, son étendue, et sur-tout par sa vieillesse si verte, et répandue sur la porte et le portail très simple de cette ancienne église. Ce que j'ai remarqué sur-tout avec plaisir, c'est que M. Gueroult s'est fait comme un devoir agréable et religieux de conserver fidèlement dans son domaine et cette église, et ce lierre, et ce cloître gothique, qui fait accident dans son paysage, et sous lequel je me suis promené seul, avec des idées graves et l'attendrissement que devait naturellement m'inspirer l'aspect de cette côte immense et mémorable des Deux-Amans, qui, depuis Charlemagne, pendant le cours de tant de révolutions, lorsque tant de monumens n'ont laissé aucun souvenir sur leurs débris mêmes, disparus à leur tour, nous rappelle encore sans cesse quel est l'indestructible empire de notre raison et de cet éternel intérêt de l'amour et de la vertu, dont on ne peut dépouiller notre nature.

VERS

POUR UNE FÊTE A LA VIEILLESSE.

Formidables remparts d'inégale structure ,

Qu'aux premiers jours du monde éleva la nature ,

Énorme entassement de rocs audacieux

Que l'œil surpris voit croître et monter jusqu'aux cieux :

Dépôt des longs frimas qui blanchissent vos têtes ,

D'où tombent les torrens , où sifflent les tempêtes :

Inaccessibles monts où l'aigle des Romains

S'étonna qu'Annibal eût créé des chemins :

Rochers majestueux , perdus dans les nuages ,

Je m'élève avec vous par-delà les orages.

Daignez me recevoir , sommets religieux

Où l'esprit des mortels commerce avec les dieux !

Mais ciel ! en gravissant vers sa voûte infinie ,

Des Alpes à mes yeux se montre le génie ,

Que couvrent tout entier, et ses longs cheveux blancs,

Et sa barbe mêlée à des glaçons pendans.

De givre et de frimas sa tête est hérissée.

Oui, dit-il, s'agitant sous sa neige entassée,

Tes pieds foulent ce mont qui, seul, par sa hauteur,

Des monts les plus hardis hardi dominateur,

Sous mille hivers nouveaux, mille glaces nouvelles,

Entoure ses manteaux de franges éternelles,

Se grossit en colosse, et monte et prend le pas

Sur cent autres géans, armés de leurs frimas.

Mais parmi ces débris qu'au loin ton œil embrasse,

Mer fougueuse et glacée, as-tu vu dans l'espace,

En sa masse effroyable, un mont qui, comme lui,

D'un cahos de frimas est le centre et l'appui ;

Qui pompe jusqu'aux cieux les fleuves qu'il fait naître,

Seul rival du Mont-Blanc, si quelqu'un pouvait l'être,

Le Pic de la Terreur. C'est dans leur double sein,

Des eaux que boit l'Europe immense magasin,

Que filtrent à travers leurs entrailles humides

Ces torrens écumeux, ces fleuves si rapides

Qu'on enjambe à leur source, en ne s'en doutant pas,

L'Aar et le Tésin ; le Rhône avec fracas

Tombant, précipitant ses turbulentes ondes,

Arrachant et ses bords et ses digues profondes ;

La Reuss, entre des rocs, heurlant, tordant ses pas ;

Le Danube au long cours, et le Rhin aux cent bras ;

Tous jumeaux parvenus, chacun, dans son allure,

Garde l'air, la fierté, l'élan de la nature ;

Tous nés libres, sans fers, ils portent, sous des rois,

Leurs flots à l'Italie, aux Germains, aux Gaulois ;

Dans de superbes lits roulent une eau féconde,

Et descendent du ciel en bienfaiteurs du monde.

Oui, d'un pied montagnard, tu presses mes glaçons.

Mes Alpes, et non l'art, t'ont dicté leurs leçons.

Né loin de nos torrens, tu viens chercher peut-être

Le toit et les frimas qui t'auraient dû voir naître :

Je lis dans tes desirs : va, le ciel est serein.

Voici la Tarantaise, et c'est là ton chemin.

Sous sa glace, à ces mots, le vieillard se retire.

Je descends. Du vallon le doux penchant m'attire.
O champs semés de fleurs ! ô fertiles ruisseaux !
Fontaine où vont le soir s'abreuver les troupeaux,
Salut ! Je vous vois donc, innocente prairie,
De mes simples aïeux vénérable patrie.
O mon père ! c'est là que tu reçus le jour ;
C'est là que ton berceau, que ton premier séjour
De ta présence encor me rappelle les charmes :
De mon deuil éternel reçois ici les larmes.
Que je rends grace au ciel, qui, sage en ses faveurs,
M'a laissé pour tout bien et ton sang et tes mœurs !
Mon cœur formé du tien, plein de ta chère image,
S'arrête avec transport sur ce doux paysage.
J'y vois par-tout empreint le doigt de la vertu
Qui toucha ton berceau, par tant de vents battu.

Qu'entends-je ? O bruit heureux ! fête auguste et rustique !
Joyeux dans ses rochers, tout le peuple Helvétique,
Par un vin solennel, par des vœux éclatans,
Va rendre, sous le ciel, hommage aux cheveux blancs.

Salut, banquet sacré ! Vieillard, je vais m'y rendre.

Et toi, par qui cent fois Haller nous fit entendre

Et sa superbe lyre et les plus nobles chants,

Et toi, tendre Gessner, tes chalumeaux touchans,

Lorsque j'admire ici, plein de tant de merveilles,

Nos glaciers dans les airs, à leurs pieds nos abeilles,

Vois, Muse, avec plaisir, rassemblés dans nos champs,

Consacrés par leurs mœurs, embellis par les ans,

Ces vieillards, ces Nestors, dont ce jour est la fête.

Tout à la célébrer nous invite et s'apprête.

Nos lys exprès pour eux croissent dans le vallon;

Pour eux en doux zéphir s'est changé l'aquilon.

Si jamais de nos jours le torrent ne s'arrête;

Si huit lustres doublés vont peser sur ma tête :

Enfin, si sur ma tombe un reste de vigueur

Ranime encor mon sang, et fait battre mon cœur,

Muse, pour nos vieillards enflamme aussi mon zèle,

Fais luire sur mon front une flamme nouvelle,

Fais de tous les côtés, en hâte, à mes accens,

Descendre de leurs monts leurs femmes, leurs enfans,

S'offrir à mes respects leur long pélerinage,

Leurs travaux, leurs vertus, la paix du dernier âge,

Et sur leurs cheveux blancs pleuvoir avec des pleurs

Notre encens et nos vœux, et des chants et des fleurs!

Il est un bourg fameux par ses exploits antiques,

Bourg qui donna son nom aux cantons Helvétiques.

C'est là que Tell vainqueur s'offre sur tous les monts,

Aux bords de tous les lacs, debout sur tous les ponts,

Tenant encor en main cette flèche agüerrie

Qui frappa l'oppresseur et sauva sa patrie.

Déja vers ce canton, libres et vertueux,

S'avancent nos vieillards d'un pas respectueux.

Tous ont servi la Suisse au printemps de leur âge.

Aïeux, femmes, enfans, épris de ce voyage,

Pour fêter la vieillesse ont quitté leur séjour.

Je vois tous les Nestors que Zurich mit au jour,

Berne, Lucerne, Uri, pays rude et sauvage,

Fait pour la liberté, dont l'air plaît au courage;

Zug, Glarus, Underwald, couverts de leurs forêts,

Où l'if fut consacré pour en tailler des traits,

Où la paix, le travail, et l'équité demeure.

Je vois partir aussi Fribourg, Bâle et Soleure;

Suivre Appenzel, si cher aux pasteurs, aux troupeaux;

Et Schaffouse, assourdi du fracas de ses eaux.

Chacun de ces cantons, par le choix le plus juste,

A fourni son vieillard à ce sénat auguste.

Les chasseurs, l'arc en main, escortent leurs vieux ans.

Les mères par leurs mains font toucher leurs enfans.

Avec joie, à leurs yeux, cette épouse nouvelle,

Montrant son jeune époux, montre aussi qu'elle est belle.

On recueillit pour eux au pied d'affreux glaçons

Un miel qui s'argenta parmi l'or des moissons.

A leur touchant aspect, qui charme la nature,

Les Alpes semblent voir leur plus noble parure.

Mais sur un lac brillant, dans des monts resserré,

Aussi pur que le jour, sous un ciel azuré,
Dans des bateaux fleuris, innombrable flotille,
Se pressent tous d'entrer, fils, aïeul, mère et fille,
Des brocs de vin, du lait, des fruits, l'apprêt enfin
D'une fête publique, et d'un vaste festin.

Déja tous nos vieillards, qu'un pieux zèle anime,
Du plus haut des rochers vont atteindre la cime.
Les voilà près du ciel, sous un temple sacré,
Où de bouche et de cœur sans faste est adoré
Ce Dieu qui réprouva la richesse et la gloire,
Qui du Samaritain nous a conté l'histoire,
A béni les enfans, et, quand le vin manqua,
Fit son premier miracle aux noces de Cana.

D'ifs et de vieux sapins une forêt perdue
Sur le bord du rocher s'avance suspendue.
Là, sous eux, des enfans, par leurs mères penchés,
Peuvent voir ces vieillards de tous les yeux cherchés.
Celui dont cent vingt ans font contempler la tête,

Avec eux sur ce bord et se montre et s'arrête.

Il voit d'aïeux, d'époux, de femmes et d'enfans,
Sur un lac de cristal des nuages vivans :
Il voit, sur tous les monts dont ce lac s'environne,
Tout un peuple indompté dont la stature étonne,
Tous nés de ces guerriers, géans dans les combats,
Au front calme, à l'œil simple, aux formidables bras,
Qui laissaient leur charrue, et dont les mains terreuses
Usaient aux champs de Mars les haches monstrueuses.
Il voit de ce canton les cieux de pourpre ornés,
Et de leurs hauts sapins ses sommets couronnés.

A l'aspect du vieillard leur ame est attendrie.
Cet intérêt si cher, l'amour de la patrie,
Ces femmes, ces enfans, ce temple dans les airs,
Ce lac, ces monts par-tout de citoyens couverts,
Ce soleil des étés, qui, par ses feux propices,
A mûri leurs épis au fond des précipices ;
Ce silence attentif, ces doux zéphirs errans,

Qui semblent dans leur course assoupir les torrens ;

Ces fronts patriarchals que l'Éternel couronne,

La paix, déja céleste, où leur cœur s'abandonne ;

Tant d'amour que vers eux font monter tous les cœurs ;

Ces enfans sur leurs fronts laissant tomber des fleurs,

Tout charme, tout séduit. Ce cri vers lui s'élance :

« Vieillard, bénis la Suisse ! Ah ! leur dit son silence,

« A Dieu seul appartient la bénédiction.

« Eh bien ! répondent-ils, bénis-la dans son nom. »

Alors sa main se lève, et soudain tout s'incline ;

Sur eux descend le flot de la bonté divine.

Et soudain tous les bras sont levés vers les cieux.

Le lac frémit au loin d'un souffle harmonieux.

Chaque barque a son chant ; chaque festin s'apprête.

Mille drapeaux flottans en signalent la fête.

Ces vieillards si chéris sont des objets sacrés.

Sur le cœur des aïeux les enfans sont serrés.

On boit les tosts, on pleure, on s'écrie, on s'embrasse :

Le vin pur a comblé la plus énorme tasse.

Jusqu'au fond, en l'aimant, on voit le cœur humain.

Tout Suisse aborde un Suisse, en lui serrant la main.

Des bergers d'Appenzel la flûte est déja prête.

Uri de ses cornets fait mugir la tempête ;

Le temple s'ouvre : on sonne : et le chamois bondit ;

Du haut de ses sommets le Mont-Blanc applaudit ;

Et d'échos en échos l'helvétique alégresse

Répète : Honneur à Dieu, respect à la vieillesse.

ENVOI A MADAME DALMAS,

ÉPOUSE DE M. DALMAS, CI-DEVANT OFFICIER SUPÉ-RIEUR, MAIRE DE LA VILLE DE COMPIÈGNE.

Ces vers, nés dans mon sein pour chanter la vieillesse,

      C'est à toi que je les adresse,

Cousine aimable et chère, ou plutôt tendre sœur :

Car ce nom si charmant, ce nom plein de douceur,

Nous l'avons, par l'usage et par notre tendresse,

      Tiré du fond de notre cœur.

C'est un don que nous fit l'amour et la nature.

Non, quand l'ame tremblante, et d'un air rassuré,

Sur mes traits, sur mon front par la fièvre égaré,

De la fin de mes maux tu cherchais quelque augure,
Non, jamais de mes jours tu n'as désespéré.
Ah ! Castor et Pollux, au plus fort de l'orage,
Sur le bord de ma tombe, au moment du naufrage,
Auraient-ils donc fait luire à tes yeux consternés
Leurs astres fraternels, leurs rayons fortunés,

  Doux flambeaux d'un heureux présage ?
Puisque je vis encor, cousine-sœur, ah ! vien

  Me revoir dans mon hermitage.
Des amis, dans ce monde insensible et volage,
L'absence trop souvent est peu de chose ou rien :
Pour un hermite, un frère, hélas ! c'est un veuvage.

Parmi d'autres vieillards distingués par les ans,

  Si j'avais pu, selon l'usage,
Au sein des rocs, des lacs, des helvétiques champs,
Sur mon luth courageux, quoiqu'affaibli par l'âge,

  Aller fêter les cheveux blancs !
Oh ! sur ma route, ému, comme j'aurais, plein d'aise,
Couvert de mes respects, de mes pleurs, de mes yeux,

Le berceau de mon père et de tous mes aïeux ;

    Sur les monts de la Tarantaise !

O force ! ô droit du sang ! étrange impression !

Il m'a transmis ses mœurs, ses traits, son caractère,

Pour les pervers polis sa noble aversion,

Son goût pour les forêts, pour la retraite austère,

Ses profonds souvenirs, sa longue émotion.

Peut-être que par lui je suis un bon lion,

    Mais je suis berger par ma mère.

Dès mes plus jeunes ans cette profession

Me plut, me plaît encor, me sera toujours chère.

Qui sait, en suppliant, si dans quelque hameau

Je ne parviendrais pas à trouver un troupeau ?

Mais, hélas ! vieux berger, où trouver la bergère ?

Voilà le difficile, et c'est un triste cas.

Pour me charmer, du moins, s'il me restait ma muse !

Mais que me tombe-t-il en glanant sur ses pas ?

Quelques épis fanés, un vain trait qui m'amuse ;

    Quelque fleurette des déserts ;

Un œillet de poète, ou peut-être une rose ;

                18.

Le soupir d'un roseau qui provoque mes vers,

Un souvenir, un rêve. Eh! dans cet univers

     Pouvons-nous trouver autre chose?

Je ne m'abuse pas : ce n'est plus le bon temps.

      Où sont-ils ces tons caressans

      De la musette aux doux accens

Que Ducis ton berger jadis te fit entendre?

Tu commandais alors, je n'avais qu'à dépendre,

     Qu'à t'aimer, puis t'aimer encor :

     C'était vraiment mon âge d'or.

Ils ont fui ces beaux jours : avec quelle vîtesse!

Me voilà bien avant entré dans la vieillesse.

Toi-même vers son but le temps te fait courir;

La beauté, la vertu contre lui n'ont point d'armes :

La rose à peine naît qu'il aime à la flétrir.

Eh quoi! Thérèse aussi tu devais donc mourir?

Vieillard impitoyable, il outragea tes charmes.

Mais ton cœur t'est resté : j'en attends quelques larmes

     Sur mon tombeau qui va s'ouvrir,

LES TROIS AMOURS.

Amour, amour, que ton sceptre est puissant!

La jeune sœur, sous l'aile de sa mère,

Charme, est charmée, et suit son petit frère.

L'instinct nous parle, on se cherche en naissant.

Mais vous, encor toute simple et novice,

Ma belle enfant, d'où vient cette pâleur?

Oui, vous souffrez, j'en reconnais l'indice.

Qu'il était vif, votre teint dans sa fleur!

Il s'est flétri votre joli visage.

A votre front l'amour fait un outrage:

L'hymen bientôt lui rendra sa couleur.

Pourquoi rougir? Tout cœur sensible et sage

(C'est là le but) va droit au mariage.

Vous soupirez; mais est-ce un si grand mal

Quand on aspire à l'anneau conjugal?

De mille attraits ce tendre amour abonde.

Il plaît, surprend, enchante tout le monde.

Mais gare ! gare ! il trouble la raison.

C'est du nectar, c'est aussi du poison.

Il fait le calme, il souffle la tempête :

Il vous rend sage, il fait tourner la tête.

Point de milieu. Mais il est tel vaurien,

Doux égoïste, adroit comédien,

Faisant des vers, et que la grace pare,

Tels que l'étaient et Chapelle et La Fare,

Chaulieu, Ninon, Voltaire, et telles gens,

Francs libertins, pour le vice indulgens.

Un bon Scapin, veut-il vaincre une belle,

Cent fois la nomme adorable et cruelle ;

Il peut pleurer, tant qu'il veut, à propos ;

Et, s'il le faut, aller jusqu'aux sanglots.

Je le sais bien : ce sont des misérables ;

Mais par malheur ce sont les plus aimables.

Femmes, fuyez, fuyez tous les amans ;

Fuyez plus fort lorsqu'ils sont plus charmans.

L'honnête hymen n'est pas fait pour leur plaire :

Il est trop pur, trop doux, trop sédentaire.

Ailleurs si gais, tous ces brigands heureux

Presque toujours sont maussades chez eux.

J'en ai connu : cette volage engeance

Vit en houzards, et hait la résidence.

Hymen ! hymen ! sage et ferme en tes vœux,

C'est le bonheur, non les ris que tu veux.

De ton flambeau, si propre à nous conduire,

La chaste abeille aime à pétrir la cire ;

Dans tes nœuds sûrs l'amour mit les douceurs

De son miel pur, tiré du sein des fleurs.

Que j'aime, hymen, ton ardeur innocente,

Sensible, égale, et non pas dévorante !

Que Clytemnestre immole Agamemnon,

Le roi des rois, le vainqueur d'Ilion ;

Ou qu'Hermione, en son dépit funeste,

Fasse égorger Pyrrhus des mains d'Oreste,

De ces forfaits je frémis révolté.

Avec ma femme, heureux, libre, enchanté,

Je vais des bois chercher les frais ombrages.

C'est dans les bois que sont les bons ménages.

Tous ces oiseaux nous promettent des nids,

Ces nids des œufs, et ces œufs des petits.

Nids et berceaux, oui, votre seule image

Des maux d'hymen nous paie et nous soulage ;

Car l'homme souffre, et toujours souffrira :

C'est là son sort. Mais qui m'inspirera

Sur cette terre en tourmens si féconde,

Où tant d'horreur, tant d'injustice abonde,

Plus de pitié ? C'est une mère en pleurs,

Criant : « O mort ! pourquoi, dans tes rigueurs,

« M'arraches-tu ce que j'ai mis au monde,

« Ce fils si cher, mon jeune et tendre enfant,

« Que j'ai nourri, j'ai formé dans mon sang,

« Et qui n'est plus ? Mais, lui dit un saint prêtre :

« Souvenez-vous que Dieu seul est le maître,

« Et qu'Abraham sur son fils bien-aimé

« Leva jadis son bras d'un fer armé.

« Il se soumit. Pourtant il était père.

« Concevez-vous sacrifice plus grand ?

» Non, Dieu jamais, reprit-elle à l'instant,
« N'eût exigé cet effort d'une mère. »

C'est cet instinct dans leurs entrailles né
Qui peuple encor ce globe infortuné.
Chez nos fermiers, l'oiseau le plus timide
Pour ses poussins arme un bec intrépide.
Nids et berceaux, oui, votre seule image
Des maux d'hymen nous paie et nous soulage ;
La perdrix fuir ? Sa tendresse peureuse
Pour ses enfans contrefait la boiteuse,
Rit du chasseur, et, pour les protéger,
Sur elle seule attire le danger.
L'entendez-vous la pauvre Philomèle
Qui, dans ces bois, à son long deuil fidèle,
Demande, appelle, et rappelle toujours
Ses chers petits, doux fruits de ses amours,
Qu'un dur enfant a de sa main légère,
Tremblans et nus, arrachés sous leur mère ?
Sur un rameau, là, seule, en sa douleur,

La nuit l'entend lamenter son malheur.
Le jour renaît, tout s'éveille ; et l'aurore
Sur son rameau l'entend gémir encore.

Mais par l'amour au chaste hymen conduits,
Voudrions-nous renoncer à ses fruits ?
O qu'il est doux de voir ce qu'on fit naître !
Amour, hymen, berceaux, voilà notre être.
Bien il est vrai que l'on craint en aimant.
C'est là du bail la charge trop pesante ;
Mais le bonheur compense ce tourment.
N'en doutons point, c'est une loi constante :
Aimer, c'est craindre, et craindre c'est souffrir.
C'est un vrai mal qui naît de l'ordre même.
Le ruisseau court, l'œil voit, notre cœur aime.
Que faire hélas ! N'aimer plus.... C'est mourir.

VERS

Pour mettre au bas du portrait de M. l'abbé
de la Fage, célèbre prédicateur.

Touchant, noble, entraînant et sublime en son style,
Ce célèbre orateur, doux, simple, humble Chrétien,
La Fage aima Dieu seul, et compta tout pour rien.
Prier, servir l'église, et prêcher l'évangile,
Ce fut là son éclat, son bonheur, et son bien.

REMERCIEMENT

A MADAME HAUGUET.

Quelle aimable nymphe me donne
Ce superbe bonnet du plus riche velours,
Du vert le plus charmant ! En ceignant ses contours,
De feuilles, de fruits d'or, un laurier me couronne,
Une houppe, en le surmontant,
Se lève, et fait briller l'or le plus éclatant
Des épis que Cérès moissonne.
Par Hélène, à Lacédémone,
En secret pour Pâris un bonnet fut brodé :
Atride et Troie en cendre ont vengé cet outrage.
Mais, des doigts les plus purs heureux et chaste ouvrage.
Le vôtre innocemment vient de m'être accordé.
Ciel ! et c'est sur mon front, avec des doigts de rose,
Sur ce front surchargé par les glaces du temps,

Où de près de quatre-vingts ans

Avec tant d'autres maux l'énorme poids repose,

Pour cacher quelques cheveux blancs

Que votre jeune main le pose.

Hélas ! à vos beaux yeux c'est l'hiver que j'expose,

Quand vous offrez aux miens la reine du printemps;

Car Zéphir me l'a dit : oui, vous avez nom Flore ;

Et puis, on n'a qu'à voir le teint qui vous colore.

Tout est commun, crédit, pouvoir et volontés,

Entre vous autres déités;

Ce que l'une ne peut, une autre le peut faire.

Chez les hommes, les Dieux, en amour, en affaire,

Cela met des facilités.

Or, le ciel nous cacha (dans quel lieu ? Je l'ignore)

Une fontaine qu'on implore

Contre la loi du temps. Vieux sages ou vieux fous,

Nous aurions grand plaisir à nous y plonger tous.

Si pour moi vous disiez un mot à la déesse

De ces magiques eaux qui rendent la jeunesse,

Je vous devrais mes nouveaux jours.

Ces eaux réchaufferaient mes premières amours.

Oui, c'est vous, vous voilà, mes maîtresses chéries,

Ma tragique pitié, mes tendres rêveries,

    Et mes saules, et mes prairies,

Et ces amis si bons ! Du repos seul jaloux,

Flore, je reprendrais mes penchans les plus doux,

    Toujours pasteur, toujours poète ;

    Et sur ma lyre et ma musette,

Et mes vers et mes chants vivraient encor pour vous.

    Quoi ! du bonnet le plus charmant

Vous m'aurez fait le don ! et mon remercîment

N'a pas dit que c'est moi qu'un tel présent enchante:

Quoi ! deux grands jours entiers, j'ai gardé le secret !

C'est trop. Je suis Français, mon bonheur me tourmente.

    J'écris mon nom sur mon bonnet.

VERS

A UNE HIRONDELLE.

———

Bon jour, ma petite hirondelle,
Allons, jase, et me renouvelle
Ton charmant caquet du matin,
Si gai, si joli, tel enfin
Qu'il doit plaire à tout honnête homme.
Quant au scélérat, tu lui dis :
« Tu seras pris, tu seras pris. »
Oui, cela sera. C'est tout comme.
Du ciel on ne se moque pas.
De tes chants et de tes ébats
Goûte en liberté tous les charmes ;
Sur tes petits sois sans alarmes ;
De doux mets fournis leurs repas :
Avertis-moi bien de l'orage ;
Suis les zéphirs, crains nos frimas ;

19.

Sois heureuse en tous les climats;

Si tu pars, adieu, bon voyage !

Mais tu reviendras, l'an prochain,

Recommencer ton petit train

Au haut de mon troisième étage.

Puis nos emplois nous reprendrons :

Toi, sous des tours, sous des corniches,

Tu chasseras aux moucherons ;

Sur le Parnasse, aux environs,

Moi, je prendrai des hémistiches.

Comme toi, je monte et descends.

Tu fends l'air, parcours les étangs,

Vas, reviens, sans lasser ton aile ;

Et tu nous fais voir, en volant,

OEil de feu, petit ventre blanc,

Plume noire, et fuite éternelle.

Ta liberté m'est naturelle.

Comme toi j'annonce et pressens,

Et dans mes rêves innocens

Je me fais petite hirondelle.

Par fois, sur le plus haut rocher,

Si du ciel j'ose m'approcher,

Le faut-il, sans que je m'afflige,

Je rase la terre et voltige.

Dans les airs, comme un bon nocher,

Ou je tends ma voile, ou m'arrête.

Sans trop craindre et m'effaroucher,

Dans un trou je sais me cacher

Pour laisser passer la tempête.

Éole a lâché tous les vents,

L'Athos vomit tous ses torrens,

Jupiter a pris son tonnerre.

Eh ! mon Dieu ! qu'a donc fait la terre ?

J'ose à peine entr'ouvrir les yeux ;

Puis j'essaie à lever ma tête ;

Puis à voler mon aile est prête ;

Et puis me voilà dans les cieux,

Goûtant l'air, voyant fuir l'orage ;

Et je vais cherchant en tous lieux

Où je puis encor, grace aux cieux,

Recommencer un doux ménage.

Je te vois souvent dans tes nids
Porter ta proie à tes petits,
Par leur bec avide invoquée :
Jadis, à mes pauvres enfans,
Rians, jouans et m'appellans,
J'apportais aussi la becquée.
A nos goûts, nos mêmes penchans,
Soit à la ville, soit aux champs,
Nous demeurons toujours fidèles.
Mais hélas ! je n'ai point tes ailes
Pour me dérober aux méchans.

Que de fois, en mes plus beaux ans,
Recueilli par ma tendre mère,
Sous sa fenêtre hospitalière,
Dans mon lit j'entendis tes chants !
Tous deux nous avions des enfans.
Je m'en souviens bien, je fus père.

Et vers le soir, dans nos vallons,

Sous la voûte, et près du vitrage,

De quelque église de village,

Avec un de mes compagnons,

J'allais chercher tes jolis sons

Et la douceur de leur présage.

On eût dit que dans le saint lieu

Tu venais rendre grace à Dieu

De t'avoir donné la pâture,

Ta vîtesse, et ton vol charmant.

Du bonheur source immense et pure,

N'est-ce pas lui dans la nature

Qui met par-tout le mouvement,

Et la vie, et le sentiment?

N'est-ce pas lui, pauvre hirondelle,

Qui d'un monde à l'autre t'appelle,

Qui te fait jouer dans les airs,

Comme moi jouer dans mes vers?

Lui qui jette au loin sous la neige,

Pour les rennes de la Norwège,

Et la mousse et ses velours verts;
Qui creuse au Lapon son asyle,
Et par qui le chameau docile
Franchit le brasier des déserts.

Mais cet esprit qui nous inspire,
Dont on suit le charme et l'empire,
D'où vient-il ? Le savons-nous bien ?
C'est un charme qui nous entraîne ;
C'est un don : témoin La Fontaine,
Qui l'avait, et n'en savait rien.
Comme toi, gentille hirondelle,
Chétif et mince, sur mon aile,
Je vole errant dans l'univers.
Nous puisons dans les mêmes sources :
Car par instinct tu fais tes courses,
Et par instinct je fais mes vers.

MON PORTRAIT.

Sans le prévoir, Jean-François fut auteur.

La tragédie eut pour lui mille charmes.

Trop loin peut-être il porta la terreur

Et la pitié, douce source de larmes.

De père en fils Allobroge il était.

Vers ses rochers, poétique héritage,

Un vif instinct, certaine humeur sauvage,

Dans ses chagrins, fortement l'appelait.

Simple, mais fier, pour lui ce monde étrange

Ou l'attristait, ou n'offrait rien de beau ;

Il se sentait, par un confus mélange,

Doux ou terrible, ou torrent ou ruisseau ;

Même lion, dans sa brusque colère,

Il secouait quelquefois sa crinière,

Et tout-à-coup redevenait agneau.

Né pour l'amour et la mélancolie,

Grave et rêveur il fut dès son berceau ;

Il se plaisait à l'aspect d'un tombeau ,

Au jour mourant d'un funèbre flambeau ;

Il l'invoquait ; et sa mère attendrie ,

Craignant son cœur, trembla pour son cerveau.

Il a par fois semé dans ses ouvrages

De petits riens , de jolis badinages.

Par fois bons vins, bons mots, jolis repas ,

Gentils minois égayaient son visage.

Son cœur ardent lui dictait son langage.

Le sexe aimable eut pour lui tant d'appas

Qu'en le craignant il lui rendit hommage ;

Ce cœur sur-tout aima la vérité.

Rarement triste et souvent attristé ,

Plus d'un malheur exerça son courage ,

Plus d'un chagrin sa sensibilité.

Sage , il aima la sage liberté.

Il détestait plus que tout l'esclavage.

Vieux, sa vieillesse eut l'esprit de son âge.

Pour des monts d'or il n'eût point fait un pas.

Pour lui, détour, ruse était lettre close,

De toute intrigue il vécut ennemi.

Trop peu de temps, dans la plus douce chose

Il fut heureux ! Thomas fut son ami.

STANCES

A M. Pallière, sur la mort de sa femme.

Pallière, il est donc vrai, ta moitié t'est rayie !
Ton cœur ne peut suffire au deuil dont il est plein.
Muet, pâle, égaré, le ressort de la vie
    S'est brisé dans ton sein.

Si tu pouvais pleurer ! Mais aimant ta souffrance,
Tu te plais à sentir, à creuser ton malheur.
Hélas ! veuf de ton deuil, tu perdrais l'existence,
    En perdant ta douleur.

Tu vis, tu vis par elle. En ton ame abattue,
Immense et sourd désert que peuplait tant d'amour !
Descend le froid poison d'un regret qui te tue
    Et la nuit et le jour.

Agathe est sous la tombe, et veut plus que des larmes ;

Elles n'ont point coulé, ton désespoir s'est tû.

Quelle femme jamais a mêlé plus de charmes

    Avec tant de vertu !

Tantôt, c'est une dame ou sœur hospitalière,

Qui sert les malheureux, leur ouvre son château ;

Tantôt, c'est une Agathe, une simple bergère

    Qui reprend son fuseau.

Sur l'autel de l'hymen, chaste, tendre et paisible,

Sans art elle entretint le feu pur de Vesta ;

Et sans faste, au besoin, sans être moins sensible,

    Son courage éclata.

Entends-tu ton Agathe ? Elle te dit : Sans cesse,

Voudras-tu donc mourir, quand ils n'ont plus que toi ?

Vivre pour nos enfans, ces fruits de ma tendresse,

    C'est vivre encor pour moi.

Pallière, vois sa sœur, ses deux fils et sa fille,
Ensemble t'accablant de leurs pleurs douloureux.
Enfin, pleure à ton tour. Je suis de la famille,
    Et je pleure avec eux.

Ici, c'est la douleur immobile et muette,
Qui gémit de ses vœux, de ses soins superflus ;
Et là c'est la douleur qui s'égare et répète :
    Agathe, hélas ! n'est plus.

Ah ! lorsqu'un jeune couple à l'autel se présente,
Brillant d'attraits, d'amour, et d'espoir, et de fleurs,
Et que l'anneau sacré, d'un nœud qui les enchante,
    Va serrer les deux cœurs.

Pallière, à cet objet (car ce sort fut le nôtre)
Malgré moi je soupire, et je me dis tout bas :
Qui des deux doit survivre, ou vêtir avant l'autre
    Le linceul du trépas ?

Nous avons survécu. Mort, en deuils si féconde,

O de quel trait d'Agathe as-tu percé l'époux !

Oui, le triste avenir, si Dieu le cache au monde,

       C'est par pitié pour nous.

C'est de lui que nos biens et que nos maux nous viennent.

Ses desseins sont couverts d'une profonde nuit.

Nos maux, sans murmurer, si nos cœurs les soutiennent,

       Nous en cueillons le fruit.

Va, Dieu de tes douleurs te paîra, cher Pallière.

Il te garde un trésor que reverront tes yeux.

Le couple heureux et pur, qui s'aime sur la terre,

       S'aime encor dans les cieux.

A ton Dieu pour jamais ton Agathe est acquise.

L'hymen fuit, l'amour pleure, il éteint son flambeau:

Tout finit ici-bas ; et tout s'immortalise

       Au-delà du tombeau.

REMERCIÊMENT

A MA SOEUR.

Voyez-vous ce bonnet charmant
Dont une sœur coiffa son frère ?
Pour orner mon front, en argent
Sa chaste main broda ce lierre.

Que les prêtresses d'Apollon
Au trépied doivent leur délire ;
Pour chanter un si joli don,
Mon bonnet m'échauffe et m'inspire.

D'un front poétique, humblement,
Oui, le lierre est le diadême ;
Du plus étroit attachement,
Oui, le lierre est le vif emblême.

L'amitié s'en pare à nos yeux,

Dans les jours sereins de sa fête;

De ses buveurs, Bacchus joyeux

Avec grace en ceignit la tête.

Le laurier sied bien aux jambons;

De tout temps c'est lui qui les pare;

Il sied bien aux Anacréons,

A nos Chaulieux, à nos La Fare.

Mais le lierre s'unit au cœur,

Et de ses doux nœuds l'environne.

Au pampre, à ma lyre, à ma sœur,

Je bois sous la triple couronne.

VERS A MADAME DIMIDOF,

RETOURNANT A PÉTERSBOURG.

CET Album vous rappellera
Les traits d'un septuagénaire.
Mais par vous il me souviendra
De l'amour et de l'art de plaire.

Mélancolie est tout pour moi :
C'est le charme dont je m'enivre.
Vos yeux en sont pleins. Ah ! pourquoi
Pour les voir, ne peut-on vous suivre?

Mais j'ai mon album ; et c'est là,
(Plaisir bien plus doux que la gloire !)
Quand Élisabeth s'en alla,
Que je la gardais, sans le croire.

Vous fuyez donc les bords jaloux

Et de la Seine et de la Loire.

Le ciel l'a voulu ; mais pour vous

Dans mon cœur il mit ma mémoire.

A MADAME GEORGETTE W. C.

D'un vieux bordeaux, grace à vos dons,

Oui, je bois les coupes vermeilles ;

Je vois sortir ses longs bouchons,

Et vider ses longues bouteilles.

Sur les mers, ce fils des caveaux

N'a point mûri par les orages ;

Il ne trouble point les cerveaux ;

Calme et vieux, c'est le vin des sages.

Je me souviens bien qu'autrefois,
Fidèle ami de votre père,
Des nectars de Beaune et d'Arbois
Il a souvent rempli mon verre.

Vous étiez alors des enfans
La plus jolie et la mieux faite ;
Alors dans mes bras caressans,
Sur mon dos, je portais Georgette.

Je vous vis dans votre printemps.
Quels traits ! quel air ! quelle prestesse !
Vous étiez nymphe à dix-huit ans,
Aujourd'hui vous voilà déesse.

Vous voulez trinquer avec moi,
Comme aux bons temps du siècle antique.
Vos belles mains vont, je le croi,
Me verser un vin pacifique.

Mais comment écarter vos traits

Par une coupe sans ivresse,

Ou sans ivresse voir de près

Les beaux yeux d'une enchanteresse?

Vénus y met ce doux poison

Que, sans l'éviter, craint un sage;

Il séduit long-temps la raison,

Mais peut-on oublier son âge?

Des beaux jours notre œil attristé

Demanderait en vain l'aurore.

Adieu donc et grace et beauté !

Adieu!.... Mon cœur vous reste encore.

A MADAME ***.

Ainsi la plaintive Élégie
Elle-même a dicté vos vers ;
Et la tendre mélancolie
Semble en avoir noté les airs.

C'est vous. A peine je respire.
Oui, voilà votre accent vainqueur.
C'est vous, exerçant votre empire
Sur l'esprit, l'oreille, et le cœur.

N'avaient-ils point assez de charmes
Vos regards si touchans, si doux ?
Du voile enchanteur de vos larmes
Devaient-ils s'armer contre nous ?

Il est, il est pour un cœur tendre,
Quelque vertu qu'il puisse avoir,
Des voix qu'il ne faut pas entendre,
Et des yeux qu'il ne faut pas voir.

MON TROPHÉE.

Quel pouvoir, quelle étrange fée
Suspendit au même trophée
La couronne, un sceptre, un poignard,
Et tout près d'eux mit en regard
La pannetière, la houlette,
Et la simple et tendre musette
D'un pauvre pasteur de troupeau,
Trésor qu'il possède sans crainte,
Fait pour l'amour, sa douce plainte
Et l'innocence du hameau.
Dans ce trophée humble et rustique,
Mais à la fois noble et tragique,
Sont-ce deux hommes qui sont peints?
Non. C'est un seul qui, sans déplaire,
Rassemble dans son caractère
Le doux et le terrible empreints.

Sur son front que rien n'inquiète,

Tour-à-tour leur vertu secrète

Met des rois le noble bandeau,

Des bergers le petit chapeau,

Et joint le pasteur au poète.

Le repos d'esprit est si doux.

L'avoir, le garder, qu'avons-nous

De plus sage et de mieux à faire?

Un accès pourtant, nécessaire,

Renfle son ton, change ses traits,

Le fait passer par les palais

Et le ramène à la chaumière.

Il va de la rose au cyprès :

Il est calme, il est en colère ;

Il tient la flûte ou le tonnerre ;

Il prend sa houlette, et soudain

Le voilà le poignard en main.

C'est la crise alors qui s'opère.

Ce double état vient tour-à-tour.

On dit que la Parque ravie,

Pour mouiller le fil de ma vie,
Aussitôt que je vins au jour,
Mit à part de l'eau d'Hyppocrène,
Mais elle en mit trop, pour ma peine!
De la fontaine de l'amour.

Voici l'heure de Melpomène
Que presse la tragique nuit.
Par elle encore sur la scène
Quelque forfait sera produit.
Tout mon cœur s'attriste et se serre.
Rien ne change donc sur la terre !
Toujours audace et trahison.
Pauvre vertu, noble victime,
Ah! cache-toi. Voici le crime
Avec le fer et le poison.
L'orage a passé l'horizon.
Je ne suis donc plus en alarme !
J'ai souri, j'en avais besoin ;
Ma Melpomène se désarme.

J'éprouve je ne sais quel charme :

Le pasteur, je crois, n'est pas loin.

Oui, demain, ma charmante Annette,

J'irai te porter, le matin,

Au premier chant de l'alouette,

Le petit bonjour du voisin,

Le petit bouquet de jasmin,

Et ma nouvelle chansonnette.

Puis si j'allais, ma bergerette,

Te ravir un double baiser :

Le premier, dans la douce ivresse

D'un amant près de sa maîtresse,

Et le second pour t'apaiser ?

Mais je n'entends pas l'alouette.

Si par hasard j'eusse été roi,

Adieu, muse ; adieu ma houlette.

Qu'aurais-je fait dans cet emploi ?

Je n'en sais trop rien, par ma foi !

Grace au ciel, je suis Timarette.

VERS

POUR UN JEUNE HOMME.

Enfin donc je vole aux plaisirs.
Je vais seul déployer mes ailes.
Pour moi, dans le champ des desirs,
Vont s'ouvrir cent routes nouvelles.

Gérard ! mes tableaux sont de toi.
Vers Talma court mon char rapide.
Ce cerf si léger fuit pour moi.
C'est pour moi que Gluck fit Armide.

A mes soupers, jolis minois,
Bons mots, vins d'Aï, tout m'inspire.
C'est l'esprit, l'amour que je bois,
Que l'on verse, on chante, on respire.

21.

Si je hasardais ma raison
Dans cette coupe séduisante !
Elle peut cacher du poison.
Ah ! craignons ce qui nous enchante.

Jeune homme, je vois ton danger,
De ton cœur la peine secrète.
Ton bonheur vient le surcharger,
Il t'embarrasse, il t'inquiète.

Amour, dis-tu, fais mon destin !
De tes sens fuis donc l'esclavage.
Les sens font seuls un libertin.
Sois amant, et tu seras sage.

LE MONDE.

De ta coupe Hébé, comme aux Dieux,
Verse-moi l'aimable jeunesse.
Ton nectar m'a mis dans les cieux,
Je ne connais plus la vieillesse.

Que Bacchus, la table ont d'appas!
A Paphos, Vénus, tu m'entraînes.
Oh! ne m'attachez point aux mâts,
Si j'entends chanter les sirènes!

Du plaisir! Le reste est chansons;
Moquons-nous de nos Aristarques.
Un seul mot dit tout : Jouissons.
Et puis laissons filer les Parques.

Mais, hélas! ô transport si doux!
Tendres caresses d'une belle;

Lorsque je m'abandonne à vous,
J'entends crier : Caron t'appelle.

Nous courons le fleuve d'amour ;
Le Pactole après nous invite ;
Le froid Léthé vient à son tour ;
Du Léthé l'on passe au Cocyte.

Adieu donc spectacles, salons !
Volupté, puis-je encor te suivre !
Viens souper chez Glycère..... allons.
C'est encor la peine de vivre.

Mais je le vois, ce vieux Caron.
Plus de Glycère. Erreur fatale !
Je m'en vais souper chez Pluton,
J'ai passé la rive infernale.

ÉPITAPHE

DE JEAN-JACQUES ROUSSEAU.

Entre ces peupliers paisibles
Repose Jean-Jacques Rousseau :
Approchez, cœurs droits et sensibles,
Votre ami dort sous ce tombeau.

....FIN.

TABLE

DES POÉSIES CONTENUES DANS CE VOLUME.

———

FIN DE LA TABLE.

www.ingramcontent.com/pod-product-compliance
Lightning Source LLC
Chambersburg PA
CBHW070519030726
47503CB00004B/1310